中公文庫

嘘ばっか

新釈・世界おとぎ話

佐野洋子

中央公論新社

目次

嘘ばっか

新釈・世界おとぎ話

挿画　佐野洋子

シンデレラ

あの舞踏会の美しい娘が、主人の先妻の子どものシンデレラだということは、だれでも知っていました。

わたしは、王子があの娘を選んでほしいと、心から思いました。

そして一日でも早く彼女が王妃になって家を出て、わたしと主人、ふたりのわたしのつれ子だけの生活を、静かにつづけたいと思っていたからです。

ひときわ美しく、とびぬけてりこうなあの子にふりまわされるのに、わたしは疲れました。

ふたりの自分の子どもをつれてこの家に嫁《とつ》いできた日から一日とて、わたしには心安らかな日はございませんでした。天使のような笑顔のあの子が、自分からかまどの灰の中にもぐりこむなんて、だれが信じてくれるでしょう。

つれ子のひけめも、まま子のひがみももたせないように、わたしは洋服はいつも同じ仕立屋に三枚もってこさせましたが、あの子が、あどけない笑顔で「わたしはこのほうがにあうのよ」と灰だらけの洋服をつまむとき、人はおそろしい目でわたしをにらむのでした。

あの子のつつましいふるまいの前で、わたしは一瞬のうちに、すさまじいまま母に見えてしまうのでした。

わたしは、涙ながらにあの子にたのみました。

「どうかお客さまの前で馬鹿げたまねはやめておくれ」

あの子は、さからえない美しさで無邪気に笑って、答えました。

「あらお母さま、知ってらっしゃるくせに。ほんのちょっとしたいたずらですもの」

平凡で思慮の浅いわたしのふたりの娘は、あの子の横に立っているだけで、無神経で思いあがった醜い女の子になりました。わたしの娘が特別に醜かったわけではありません。でも、あの子のそばで特別に醜く見えない娘など、いたでしょうか。

わたしのふたりの娘は、それに気づかないほどおろかでしたが、それをどれほど感謝したかわかりません。

お客がないとき、あの子もわたしの娘たちも同じにしていました。

あの子は、着るものにも、食べるものにもぜいたくでした。ぜいたくというより、一種のおかしがたいようなセンスのよさをもっていたというべきかもしれません。

そして、わたしの娘に向かっていいました。

「わたしはきっと王妃になるわ。その運命を思いっきりドラマチックに演出するの」

馬鹿正直なわたしの娘が、

「王妃さまが、ときどきかまどの中で寝るなんて、人が知ったら困るわよ。でももしあんたが、ほんとうの王妃になったらだれにもいわないわ」

というのを、あの子はあわれむように見ていました。

そして、とうとうあの子は、なんと見事にそれをやりとげたことでしょう。

あの子の足にガラスの靴がすべりこんだとき、わたしはおどろきませんでした。

わたしよりおどろいていなかったのが、あの子でした。あの子は、わたしにかけより、キスをしました。

人がどよめきました。

「ごらん、あんなやさしい子がいるかい。あのおそろしいおっかさんに、あの子はキスをしているよ」

「あの人は、お妃《きさき》さまになってもいばらないんだね」

というかん高い子どもの声もしました。

わたしの娘は、仲よしのシンデレラの運命に興奮して、ふたりとも手をとって泣きだしていました。

人々はひじをつついて、目と目をあわせていました。

「くやしがって泣いているよ」

わたしの娘は、シンデレラにかけより、いいました。

「だいじょうぶ、あのことは、ぜったいにだれにもいわないわ」

シンデレラは、ふたりにかわるがわるキスをしました。

とてもやさしく、やさしく。

お城からとどいたきらびやかなドレスに着がえ、十二頭の馬にひかれた馬車に乗りこむとき、シンデレラはわたしの耳もとでささやきました。

「かまどの灰はあのままにしておいて。この家の楽しい思い出のしるしにしたいわ」

「いいですとも」

わたしはようやく、あまりにも美しく、とびぬけてりこうで、どはずれて野心の強いあの子を目にしなくてもいい安らぎをえました。

あの子は、美しくて慈悲深い王妃として、熱狂的に人々からあがめられています。

わたしは、ただ、やりすぎないでほしいと願うばかりです。

わたしたちの平和なくらしも、つかのまでした。

王妃がまま母にけとばされて入ったかまどの灰を見るために、毎日、うちの前に観光馬車が止まります。

ありときりぎりす

おれは、生まれたときから働いていた。おやじも兄弟も、道ですれちがっても、あいさつするまもないほど、急いでいた。おやじが、よろめきながら自分よりでかいビスケットのかけらをかついでいるのに出会っても、ねぎらいのことばを吐《は》くためにおれの足は立ちどまらない。

だれも人をねぎらったりしなかったし、おれは、やがておやじのようになりたいと願って、さらに急いだ。

おやじは、見あげたありだ。

夜はくたくたになって、なにも考えなかった。

ある夜、おれの家の窓の外で、みょうな音がたえまなくしていた。

見たことはないが、あれが、遊び人のきりぎりすにちがいなかった。

おれは、寝不足になって、明日の仕事の能率がさがることを考えると、腹がたって窓を開けた。

「このろくでなしの、なまけ者、ごくつぶしの役立たず。野たれ死ね」

窓の外に、すきとおる羽をふるわせて、あの男が立っていた。

ヴァイオリンをもって、そしておれを見た。

月の光が、ビーズのように、羽をふちどってふるえていた。その男は、そこにいるようで、いないようだった。

「音楽はきらいなの？」

その男は、声さえすきとおっていた。おれが行ったこともないような遠くから声がとどいたような気がした。

「音楽ってなんだ。そのうるさい音のことか。おまえ、一晩じゅう何をやっているんだ。昼間なにをして働いているんだ」

男がすきとおる羽を静かにたたむと、しずくのような光がこぼれた。

「働くって、なんですか」

「働くって、貯《たくわ》えることじゃないか。おまえ、貯えもしないで、どうやって生きていくんだよ」

「こうやって」

男は、またヴァイオリンをとりあげて、みょうな音を出しはじめた。

おれはどなりつけようとしたが、そのみょうな音は、おれが見たこともないような風景が、どこかにあるような気にさせた。

そして、おれは家の前のヒメシオンの草むらに、はじめて気がついた。

おれは、毎日そこにあるものを、はじめてまじまじと見つめた。ヒメシオンは、こんな葉っぱをしていたのか。

風が少し吹いて、ヒメシオンの白い花がかすかにゆれた。それは、あのみょうな音を体の中に吸いあげて、みょうな音が、花からゆれながら立ちのぼるようだった。

おれは、きゅうに心臓がしぼりあげられるように、せつなくなった。大きすぎるえものをひきずったときの心臓の痛さと、まるでちがう痛みだった。

目から水が流れてきた。なんだ、この水は。

みょうな音は、いつまでもしていた。

「また明日きてもいいぜ」

おれはどうしてそういったか、わからない。

その男は、窓の下で死んでいた。

月の光にぬれていたうすい羽は、カサカサ音がして、破れて風にゆれていた。おれは、もういちど、あの男のみょうな音が聞きたいと思った。

かいだことのない花の匂いや、行ったことのない遠いところのことを考えた。

「くたばったか、道楽者め。今日は運がいいぜ、大物だ。いっしょに運ぶんだ」

おやじは、ほとんど倒れんばかりに年老いていたが、あえぎながら、あの男のはらわたにかぶりついた。

そして、おやじは、そのまま動かなかった。

おやじは、いつだって見あげたありだった。

浦島太郎

わたしはときどき、地上の男が恋しくなると、かめを使いに出した。子どもがかめをいじめる。それを助けてくれる、男ぶりのいい男をつれてこさせる。かめはどこまでもかめだから、うっかりすると、男と女の区別さえつかず、いつかはひどいばあさんをつれてきた。ばあさんは、たまげて腰をぬかし、ちっとも帰りたがらなかった。わたしは、かめに、男と女の区別をはじめから教えなくちゃならない。

ばあさんを、わたしは十五の小娘にして帰した。

小娘にしても、ひどいきりょうだった。かわいそうに、小娘のあのばあさんは、あのきりょうで、もういちど人生をやらなくちゃならない。

かめが浦島太郎をつれてきたとき、わたしはもうかめを使うのはよそうと思った。おそろしくずうずうしい男なのだ。浦島太郎は、竜宮城《りゅうぐうじょう》に入ってくるなり、「女はいないのかい」とかめをつついた。

かめは、「とびきり上等なのがいますぜ」と、まるでインバイ屋の客ひきのようなことをいってしまった。

いつものとおり、酒と大ばんぶるまいの料理でもてなし、はでめな魚のラインダンスで客の気をとろかそうとするが、浦島太郎は、スパンコールよりも光る魚のうろこなどには目もくれない。しかも、ひどく大酒をくらい、ふらつきもせずなんでも胃袋にほうりこみ、「ようよう、女はまだかよう」とかめをつつくのである。

かめは、わたしのところにきて、「いかがいたしますか」とまぬけた顔でいった。

わたしは、のぞき穴から大酒をくらう浦島太郎を見て、いった。

「おまえも長年《ながねん》子どもにいじめられて、ご苦労だったね。どうも向き不向きがあるようだ」

「お気にめしませんで」

かめは、下をむいて恐縮《きょうしゅく》している。

いくらあつかましい男でも、このわたしを見たら、多少のおそれをもつであろう。

わたしは、念入りに化粧をして、水に流れてとびきり肌が美しく見えるあさぎ色の衣をつけた。

正面のどん帳を開かせて、わたしは玉座の真ん中に立った。

浦島太郎は、ゆっくりと酒の杯をあおると、上から下まで、わたしをじっくりながめまわした。

「なるほど、こりゃ、とびきりだ」

わたしはそのとき、浦島太郎に精神のひとかけらもないことがわかった。こんな男もめずらしい。この男には、わたしの美しさ以上のものは、まるで見えないのだ。おもしろいじゃないの。

「よう姉ちゃん、こっちにこいや」

王宮の者どもは、ふるえあがった。

近衛兵《このえへい》のさめは、牙をむいてとびかからんばかりであった。

王宮全体がくつじょくでふるえていた。しかし、この男にはくつじょくの意味さえわからない。おもしろいじゃないの。

「姉ちゃん、たけえんだろな。よう、おれ、あり金全部はたくぜ。かかあを売っとばしてもおしくはないぜ。こっちこいよ」

わたしは玉座にすわり、男をゆっくり見た。若い、腕のいい漁師にちがいない。むだなものがなにもついていない、筋肉だけの体。目に見えるものしか信じない脳みそ。

わたしは、立ちあがって、寝床のある広間に移った。男は、大またであたりをはばかるふうもなく、わたしについてくる。

兵隊たちは、わたしが浦島太郎を気に入ったと納得した。

わたしは、寝床に横たわった。

「ずいぶんもったいぶった姉ちゃんじゃないの。さあさ、早いとこかたづけようや」

「よるな」

わたしはいった。

「わたしは高い。おまえの女房を売ったくらいでは、見あわぬわ」

「どれほどだね。わしゃ、正直じゃ。どれほどだ」

「おまえのもっているもの、すべて」

「けっこうだ。たいしたものはもっておらぬわ」

つぎの日、浦島太郎はわたしの横で、ぼんやり目をさました。

「なんちゅう女だ。わしのものすべてでも、高くはなかった。男冥利《みょうり》につきたわ。 しっかり働いて、またくるで、姉ちゃん」

わたしは、玉手箱をわたした。

「この中に、おまえのもっているもの全部を入れて、海に流せ」

かめに浦島太郎を送らせた。

あの男がもっていたものは、若さと無神経だけだったのだ。

たった一晩海にいただけなのに、だれもあの男に気づかない。女房さえ、「こんな奴は知らねえ」といって、戸に棒をかけた。

からの玉手箱がもどってきた。

おおかみと七ひきの子やぎ

わたしは、七ひきの子どもを産みました。

七ひきが多いわけでも少ないわけでもなく、やぎとしてはごくふつうです。

それぞれが健康で、しょっちゅうけんかもすれば、仲よくあそびもする。どのうちとも同じような生活をしていました。

一ぴきめは、体が大きくのんびりしてましたが、総領《そうりょう》らしくたよりになる子でした。

二ひきめは、じきわたしのかわりになれそうな、世話やき娘でした。

三びきめは、兄貴のまねをしたがるおっちょこちょいでしたが、愛敬者《あいきょうもの》でした。

四ひきめは、すぐ泣きだす気の弱い娘でしたが、自分のことよりも人に気をつかうやさしい女の子でした。

五ひきめは、気の強いごうじょうな息子で、ごうじょうなところがたのもしく、大物になるような楽しみも感じさせました。

六ぴきめは、まじめいっぽうなきちょうめんな娘で、倹約家のいい女房になるでしょう。

七ひきめは、わたしが高齢出産だったためか、小さく生まれて、すぐ保育器の中に入れられました。少し小がらではありましたが、医者は「心配はない、りっぱな体だ」とうけあってくれ、六ぴきのきょうだいは、少し年のはなれた弟が病院から出てくるのを楽しみにしていました。

うぶ毛のまっ白な、それはきれいなやぎでした。長女などは、自分が母親のように、よく世話をしました。

六ぴきめの娘は、毎日体重をはかり、小さなノートに弟の体重のグラフをつけました。

七ひきめが、歩くようになっても笑わない子だと、はじめに気がついたのは、おっちょこちょいの次男でした。次男がからすのまねをすると、だれもが笑わずにいられなかったのです。

次男は、赤ん坊を笑わせようと、メェーをカァーと鳴きつづけたのに、七ひきめは、指をしゃぶっているだけでした。

そのまえにわたしが気にしたのは、ことばが遅いことでしたが、五ひきめのごうじょうな子も、ことばがずいぶん遅かったので、気長に待とうと思いました。

そのうちに、七ひきめは、暗いところ、暗いところ、せまいところ、せまいところに行きたがるのに気がつきました。

ことばもしゃべらず、笑いもしない七ひきめは、いつも台所のすみや、空き箱の中に入っているようになりました。

わたしは医者につれて行きましたが、医者には体の異常はないといわれ、精神分析医のところに行きました。

分析医は「そうですか、そうですか」というばかりで、一時間七千円もとりましたが、どうしたらよいのか、いっこうにわかりません。

七ひきめは、どこよりも気に入った場所を見つけ、一日じゅうそこから出てこなくなりました。時計の中です。

それからあの事件がおこったのです。

おおかみのおなかから、一ぴきずつ子どもが飛びだしてきたときの騒ぎは、ひどいものでした。

六ぴきの子やぎの泣き叫ぶ声で、家の中はガラガラくずれてしまうのではないかと思われました。六ぴきが、とにもかくにも生きてもどってきたのです。

わたしは、われながら自分が沈着だったといまさらおどろいています。恐怖と安堵《あんど》のなかで、六個の石をひろってきて、おおかみのおなかにつっこみ、皮をなんとかぬいあわせ、川のそばまでひきずって行きました。

狂ったような騒ぎのなかで、七ひきめが時計の扉を少し開けたのに気がつきませんでした。

「世界じゅうにあんな暗いところはなかったよ」

「暗いだけではなかったわ、あんなにせまいところなかったわ」

「母さんがあと一秒遅かったら、わたしは息ができなくて、死んでいたわ」

口ぐちに騒ぎたてる子やぎをわたしは抱きよせ、涙といっしょになめてやりました。

そのとき、七ひきめがいったのです。

「そんな暗くて、せまいところ、いったいどこなのさ」

一瞬、しーんとなりました。

わたしたちは、七ひきめのことを忘れていたのです。

「口をきいたよ」

総領が、おどろいていいました。

「ねえ、どこなのさ」

もういちど、七ひきめがいいました。

白雪姫

わたしは美しすぎただけです。

美しいことは、罪なのでしょうか。自分の美しさに執着することが。

白雪姫の父親は、わたしにむちゅうになりました。わたしにむちゅうになったわけではありません、わたしの美しさにむちゅうになったのです。わたしと美しさとをわけることができたら、白雪姫の父親だって、美しさだけを望んだことはあきらかです。

多くの男が、わたしの美しさだけをたたえたように、彼も、わたしの肌を、わたしの瞳を、わたしの金色の巻き毛を、わたしの白い指を、細い胴を、そしてすべての美しさを集めてできあがっているわたしを手に入れたがりました。

彼は、わたしを手に入れるために、王位さえ捨てかねませんでしたが、王位を捨てた中年の子もち男などなんのとりえがありましょうか。わたしは、王位と中年の子もち男をわけたりはしませんでした。わたしは、美しさに王妃というタイトルがどんなに必要か知っていたつもりです。

人が集まれば、男たちの目はいきいきと輝き、その輝きはわたしの美しさを男たちの瞳に移しかえ、男たちの瞳の中の野心は、わたしが王妃であることのために、さらに強くなるのでした。

女たちはそねむまえに、あこがれで自分を卑下《ひげ》しました。

卑下した女を美しいと思う男がいるでしょうか。


白雪姫は、醜い娘でした。

白雪姫と名づけて死んだ母親の悲しい親心を、白雪姫は知っていたでしょうか。

白雪姫はずんぐりと太り、赤ら顔をし、細い目が笑うと傷口のようになり、歯ならびの悪い口もとが、ざくろのわれ目のようになりました。食事のとき、わたしは白雪姫を見ないようにしました。

父親は、わたしから目をはなすことができないのですから、なにを食べても同じだったかもしれませんし、上等なキングサーモンに、わたしの美しさをふりかけて味わっていたのかもしれません。父親は、少なくとも白雪姫の醜さに気をとられることはなかったのです。

わたしは、醜いものを見たくなかったのです。それは、罪でしょうか。

ひとりでいるとき、ほとんどわたしは鏡を見ていました。鏡の中のわたしに、いつだってわたしは息をのみました。紅のバラの花にたいくつすることがあっても、わたしは、わたしにたいくつすることはなかったのです。そんなとき、白雪姫は、わたしの部屋に入ってきても、けっして鏡を見たりしませんでした。

わたしは白雪姫を抱きよせ、

「よく見てごらん、あれがおまえよ。神さまってむごいかたね」

と耳もとでささやきました。

「平気よ、鏡さえ見なければ、自分で自分は見えないもの。自分がきれいでなくても、きれいなものはたくさんあるわ」

そのときが、白雪姫を、まま子以上に憎いと思ったはじめでした。

白雪姫は花畑で花をつみ、ちょうちょを追いかけ、ありの行列をあくことなくしゃがみこんでながめ、女官たちとおにごっこをし、たいくつな本さえ読んでむちゅうになっていました。

あの醜い娘が、ほとんどたいくつを知らず、不安もなく一日を過ごし、ぐっすり眠るのにわたしは腹をたてました。

あの娘は、自分の醜さに苦しむべきだ。

神がつくりたもうたこの世の不条理に、悲しむべきだ。


あるとき、白雪姫が大きないもむしを、糸でぶらさげて入ってきました。

いもむしは、不気味な緑色で、丸い毒々しいピンクの斑点《はんてん》をもっていました。ピンクの斑点の中に細くて黒いまがい玉模様があり、真ん中に白い星がありました。いもむしは、くねくねと体をよじっていました。

「お母さま、きれいでしょ。わたし、こんな模様のおふとんで寝たい」

「気味悪い、捨てなさい」

わたしは、いもむしの気味悪さに、吐き気がしました。

この不気味ないもむしから、白雪姫は、あざやかな緑色のシルクを生み出し、不思議なピンクの模様を描き、美しいつややかな世界を広げる。

そのとき、雷がとつぜん鳴り、空が暗くなりました。白雪姫は窓にかけよると、じっと空を見あげました。いなずまが、暗い空をひきさきました。

「窓を閉めなさい。陰気な空は見たくない」

「いいえ、お母さま、雲の暗さが、あんなにたくさんある。雲のふちの光が、みんなちがう。もしもよ、もしも、どこかにわたしの王子さまがいたら、そのかたがどんなに不幸なかたでも、わたしは、いなずまのように走るそのかたの心を見ることができるわ」

わたしは、わたし以上の美しさをこの地上にもたない。白雪姫に流れこむ、とめどない美しいもの。わたしは白雪姫をまま子以上に憎いと、そのとき心の底から思いました。

わたしの前にさし出された血まみれの心臓が、しかのそれだとわかったとき、わたしは、自分で白雪姫をさがそうと思いました。

白雪姫は、森の奥のそまつな小屋に住んでいました。

町に住めなくなった、小人症の人たちがより集まって住んでいるところでした。

わたしが窓からのぞいたとき、彼らは食事中でした。テーブルの上には、パンと、森の中にいくらでも見つけられるきのこのバターいためと、ワインのつぼがありました。

「きのこはこいつにゃかなわない。目かくししてても鼻でとる」

ひとりの小人が、鼻のたれさがった小人を指さしていっています。

「だての鼻とはわけがちがう。しかし、おまえの足のたこにはかなわない。おまえは、立っている木に、眠ったまんまのぼっていける」

「明日の夕食は、けやきのてっぺんのカラスの卵のオムレツだ」

もちあげた足のうらのいぼいぼを見せて、ひとりの小人がいっています。

そして、みんな口をそろえて歌いました。

小人たちと白雪姫は、くりぬいた木のグラスにワインを注いで、乾杯をしました。

毒入りりんごを窓から投げこんだ帰り道、わたしはみじめでした。

森の中を、わたしはひとりで歩いています。

森の木は、わたしが美しいとたたえてはくれない。

二匹の白いちょうちょは、もつれながら枝と枝の間を、ちぎったリボンが風に吹かれるようにとんで、わたしのことなど気にもしない。

わたしは、わたしを見ることはできない。世界全体を鏡にすることはできないのですから。

そして、やがて、わたしはいつか年老いて、この美しさを失うかもしれない。

神は、白雪姫に、世界を映す鏡を、あの醜い体にどうやって入れたのでしょう。

羽衣

「今日は何時に帰ります？」

わたしは、漁師だ。

女房は、その漁師の女房をもう八年もやっている。わたしは、十五のときから漁師だった。

わたしは、黙っている。

答えようがないではないか。

「なんどもごはんをあたため直すわたしのこと、考えてくれたことあります？」

「なるべく早く帰るよ」

「父親が夕食をいっしょに食べることが、家族のコミュニケーションの基礎ですからね」

このごろサークル活動とかで、ひまな女たちが集まって、読書会なんてものをやって、口ばっか達者になった。

わたしが六時に帰って、いわししかとってこなかったら、このくらしはやっていけない。

子どもだって、もう学校だ。

いつか、晩しゃくをしながら、わたしはいった。

「いわしだけなら、六時に帰ってこられるがね」

「ふん」

女房は、口もとをゆがめていった。

「となりの吉さんは、四時に帰ってきますけどね。いわしなんか、いちどもとってきませんよ」

舟がちがう。

「少なくともおれは、親の遺産をあてにはせん」

「へー、あんたんちに、あてにする遺産があるんですか」

わたしは、便所へ行って寝た。

浜の松に羽衣《はごろも》がかかっていた。

あれは、うわさではなかったのだ。
女が泳いでいた。
気の迷いかもしれない。
わたしは、舟を押すのをやめて、消えてしまうかもしれない女と羽衣を見ていた。
女は海からあがってきて、わたしの舟のほうに歩いてくる。
そして、舟のへりにつかまって、わたしを見て笑った。
「着たほうがいいよ」
わたしはいった。

女は舟をまたいで浜に降り、わたしを見て笑った。
そして、松の木にかかった羽衣を着ると、空を泳いで見えなくなった。
女が泳いでいったあとに、オレンジ色の光が残っていた。
やっぱり気の迷いかもしれない。

つぎの日、わたしが浜に行くと、女は舟の中で眠っていた。

わたしは、眠っている女のそばにすわって、女を見ていた。

眠っている女を見ていると、女がわたしを待って、待ちくたびれて眠ってしまったことがわかった。

目を開けて笑った女がそういったのではない。女はなにもいわなかった。


女とならんで、海を見ていた。

鯛《たい》がとれそうな海だった。

女が、そっとわたしの手にふれた。

「今日は、鯛がたくさんとれそうね」

女はそういった。ことばではなく、そっとふれた手から伝わってきた。

「おまえは、ことばがないのか」

声にならない問いが生まれた。

「ちがう」

女がわたしの口に指をあてたとき、声ではない、ことばではないものが伝わってきた。

「あなたもしゃべらなくていい」

女は、口からのどへ指をすべらせながら伝えた。それからふたりは、また海を見ていた。

鯛がとれる。わたしは立ちあがった。

女は舟をまたいで、羽衣のほうに歩いて行く。

その背中が伝えた。

「鯛がとれるわね」

その日、わたしは四時に帰った。


わたしは、動く女房の口と、そこから出てくるそうぞうしい音におどろいた。

わたしは、女房がなにを考えていたのか、感じたことがなかったような気がした。

女房がしゃべっているあいだじゅう、わたしはことばを理解しただけで、女房を理解したわけではない。

女房は立ちあがって、流しに汚れ物を運んで行った。わたしはその背中を見た。

わたしは、女房の背中をはじめて見たような気がした。

毎日見なれている背中。

その背中がいっていた。

「太郎があんなによろこんでいる。あんたといっしょにごはんを食べただけなのに。太郎がよろこんだから、わたしだって、魚を煮るのにはりあいがあった。だれかを待ちつづけるのは淋しい」

わたしは背中を見、それからうなじを見、そしてどっしりした尻を見、ふくらはぎを見、しっかりと大きな足を見た。


女が、舟の中に羽衣をつけたまま、すわっていた。

わたしは、女がもうもどってこないことがわかった。

わたしがそれを理解したことを女はわかり、わたしを見て笑った。

わたしは、何度女とならんで海を見たか、思いだせなかった。

一度だけだったのか、あるいは千を越える日々だったのか。

女は年をとらない、けっして。

女は、わたしの手を両手にはさんで、立っていた。

安らぎだけが伝わってきた。

羽衣が、海からの風でわたしにまとわりついた。

女は、わたしの手をはなし、そのまま海の上の広い空に最後のオレンジ色の光を残して、見えなくなった。

くらげとさる

人のいうこと信じるほうですか。

場合によりますよね。

信じてくれなくても、いいんです。でも、やっぱり信じてください。ぼくは、ほんとうは、こんなことといえた立場じゃないんですけどね。

竜宮のお妃《きさき》をごぞんじですか。そうです、ぼくの肝《きも》をほしいといったお妃です。

ぼくとお妃は恋仲でした。

むりなことは、わかっていました。

ぼくは、山のさるです。あのかたは、海のお姫さまだった。

よくある身分ちがいの恋というやつです。身分だけじゃなくって、まるっきり毛の数がちがう。しかし、どうしようもないのが、恋心というやつです。お姫さまは、陸にあがってもいいといわれた。そうじゃなかったら、ぼくが海にきてくれてもいいと。

しかし、お姫さまが陸にあがったら、命をちぢめることはわかっていた。それでも、命が短くても、短い命をぼくといっしょに生きたいといってくれた。
ぼくだって、海へ行けば、山の兄弟よりも早く死ぬでしょう。ぼくも、それでもよかった。

ふたりでいくら相談しても、海がいいか陸がいいか、わからなかった。そのうちに、ぼくのほうでは、おしりがピンク色の女のさるを嫁にしようという話がもちあがり、お姫さまのほうでも、三ツ海のむこうの王子さまをむこにという話が、トントンと進んでしまった。

ふたりはおろおろするよりほかなく、月夜の砂浜で、抱きあって泣いてばかりいた。

「ああ、いっそ死んでしまいたい。わたしの胸をかき切って、心臓を食べてしまってほしい。それができぬのなら、あなたの肝をつかみ出して海の中に帰りたい」

「ぼくの肝でよかったら、いくつだって、もっていっていい」

「ほんとうか」

「だれが嘘などいうものか」

「いっしょに死んでくれるか」

「生きることも死ぬことも同じだ」

「ほんとうに、肝をくれるか」

「約束するよ」

そのとき、お姫さまのけらいが、お姫さまをさがしにきて、ぼくたちをひきはなし、お姫さまを海の中にひきずりこんだ。

「ほんとうに肝をくれるか」

お姫さまの声だけが、沈んでいった海から悲鳴となって聞こえてきた。それっきり、お姫さまは二度と浜にはあがってこなかった。

ぼくは、毎日毎日ここにきて、海をながめていた。もういちど、もういちどお姫さまが海からあがってきたら、もう二度とはなれないように、お姫さまの心臓をかき切り、ぼくの肝をつかみだそう。


ある日、くらげが泳いできて、海のお城では婚礼があり、お姫さまがお妃になられたと教えてくれた。

やっぱり、ぼくがさるだったからだろうか。あるいは、逃げることもできない、きびしいお城の情況だったのだろうか。

ぼくのことは、一時《いちじ》の気の迷いだったのだろうか。

くらげは、きのどくそうに足の関節をポキポキ鳴らした。

「もしもお妃に会うことがあったら、伝えてほしい。ぼくが愛したのは、お妃さまだけだった。いまも、これからも、ずっとここで待っているからと」

くらげは、また関節をポキポキ折った。

「わかったよ」

くらげは、海へ帰った。


つぎの日、ぼくが浜にいると、くらげの白い西洋皿のような頭が見えた。

くらげは急いできたらしく、息をあらげていた。

「早くぼくに乗ってくれ。お妃さまが命令されたのだよ。今日まではほんとうに病気のようだったし、きっとほんとうに病気だったのだよ。きのう、きみのことを申しあげたら、ほんとうにおよろこびだった。すぐ迎えに行ってくれ、といわれた」

ぼくは、もちろんすぐ、くらげの西洋皿のような頭にとび乗った。海の中は、考えていたほど息苦しくもなく、山とはちがった、まっ青な水がじつに気持ちよかった。

「お妃さまはつわりなんだよ。つわりでね、へんなものが食いたくなったんだ。さるの肝を食いたいと、王さまに申しあげていた」

西洋皿の下から声がした。

「ほんとうか」

「ああほんとうだよ」

「しまった。ぼくは、肝を木につるしてきてしまった。急いでとってくるよ」

くらげは、すぐにUターンをした。ぼくは、浜にもどると、急いで木にのぼって、

「馬鹿者、肝を木につるすさるがいるか」

とどなった。くらげは、関節をいちどにポキポキ鳴らして、くやしがっていた。

ぼくは、木の上で泣いた。

お妃がつわりで悪食《あくじき》になって、ぼくをだまそうとしたから、腹をたててもどってきたのだと思いこもうとして。

でも、わかっていたのだ。お妃が王さまをだましたのだ、ということが。

お妃は、海の中で、ぼくと心中するつもりだったのだ。お妃は、ほんとうにぼくしか愛していないことを、ぼくはわかっていたのだ。

それでも、もどってきてしまった。

ぼくは、やっぱり死ぬのがこわかったのだ。

お妃は、さるの肝をとりそこなった、まぬけなくらげに腹をたてて骨をぬいたのではない。うらぎったぼくに腹をたてて、絶望したのだ。

ヘンゼルとグレーテル

わたしが目を開けると、兄さんがベッドの上で、足を抱いてうずくまっていた。となりの部屋から、父さんと母さんの声が聞こえている。わたしは、兄さんを見ていた。

やがて、足をひきずって、父さんと母さんは寝室にひきあげた。

「ぼくはいやだからね」

「なに？」

「ぼくはいやだからね」

兄さんは、しっかり目をあげて、わたしを見た。

「父さんと母さんは、ここで四人で死ぬつもりでいる。神さまに祈っていた。ここで家族四人、天国にめされていきたいって。あいつら、ぼくたちまで自分たちの巻きぞえにするつもりでいる。食いつめるしか能がなかったくせに。ぼくはいやだからな」

兄さんはベッドをおりると、戸棚から袋をとりだして、着がえをつめた。着がえといっても、穴だらけの、どこに足をつっこんでもいいパンツ一枚だった。

「ぼくは出て行く」

兄さんは、じっとわたしを見た。

わたしは、兄さんと手をつないだ。扉をそっと開けた兄さんは、わたしの手をぎゅっとにぎると歩きだした。

外は満月だった。

兄さんは、どんどん歩いた。

「兄さん、台所の戸棚に、最後のチーズがあったよ。わたしとってくる」

わたしは、もどると、最後のチーズを戸棚からそっともちあげた。

「グレーテルかい？」

母さんの眠そうな細い声がした。

わたしが兄さんのところにもどると、兄さんはわたしを抱いた。胸がくだけるかと思うほど、強く抱いた。

「グレーテル、グレーテルはぼくより悪い子なんだね。あのチーズを、ぼくは、父さんと母さんに残してきたのに」

兄さんは、わたしの顔を強くはさんで、わたしの涙をなめた。

わたしたちは、チーズを袋に入れて、森の中の細い道を歩いて行った。

わたしは、兄さんがどこへ行くのか知らなかった。わたしは、ずっとずっと手をつないで、どこへ行くのか知らないまま、兄さんと歩きつづけたかったのだと思った。

兄さんの行くところだったらどこでもついて行くけど、どこにも行きつかなくてもいい。

「父さんと母さんは死んでしまうかしら」

「しかたないじゃないか」

やさしい父さん。まだこんな貧乏じゃなかったとき、父さんは森に木を切りに行って帰ってくるとき、かならず、わたしの髪につける花を二本もってきてくれた。

そして、わたしの髪に花をさして、

「父さんのお姫さま、いい子にしていたかい？」

といってキスをしてくれた。ジョリジョリのほっぺた。

花のない冬には、かれた木の実のついたつるで、わたしの髪を巻いてくれた。

「父さんの女王さま、いい子にしていたかい？」

タバコのにおい。

母さんは、パンを焼くとき、かならず二つ人形を焼いてくれた。

そして、兄さんの人形に、おちんちんをつけて、

「こっちがおまえだってわかるようにね」

といった。

母さんは、わたしのパンより、食べるところをたくさんにしてあげたかったんだ、兄さんに。

わたしは髪に花をつけて、パン焼きがまの前で、パンが焼きあがるのを待って、焼きあがった人形をもって、家の裏に行った。

兄さんは、わたしの花をむしり落として、人形のおちんちんを折った。

そして、きつね色にこげてふくらんだおちんちんを、わたしにくれた。

父さん、母さん——。

兄さんは、しっかりわたしの手をにぎりなおした。見あげると、兄さんは泣いていた。

泣かないで兄さん。兄さんが泣くと、わたしは兄さんと同じだけ泣きたくなって、

自分の泣く分がなくなってしまう。

わたしはおなかがすいて倒れそうだったけど……わたしが倒れたら、兄さんも倒れてしまうから。兄さんは、わたしがどんなに強い子か知っている。わたしは、いつだって兄さんのために強い子でいたいもの。


黒い木の間に、あかりが見えた。

やけど薬をつくっている、汚いばあさんが住んでいる家だった。

兄さんがいった。

「あのチーズをおばあさんにあげたら、ハムとパンをくれるかもしれない」

「だめよ」

わたしはいった。

わたしは袋からチーズを出して、パンツの中に入れた。

そして、扉をたたいた。

汚いばあさんが出てきて、わたしたちを見た。

「父さんと母さんが死んじゃったの。食べるものがなくて、死んじゃったの。わたし

たち、もうずっとなんにも食べてないの」

汚いばあさんは、太っていた。そして、くさかった。

「かわいそうに、お入り」

ばあさんは、わたしたちをベッドにすわらせた。ストーブにスープをかけて、木の皿と木のスプーンをくれた。

兄さんは、ずっと黙っていた。

ばあさんは、「少しずつ飲むんだよ」と、わたしと兄さんの皿にスープを入れた。

わたしと兄さんは、スープを飲んだ。ベーコンの匂いがした。

ばあさんは、わたしたちをじっと見て、わたしと兄さんの腕をさわって、

「かわいそうに、こんなにやせて」

といった。

わたしと兄さんは、スープを飲むと、手をつないだままベッドでぐっすり眠った。

つぎの日の朝ごはんのとき、ばあさんはいった。

「ずっといてもいいよ、薬をつくる手伝いをしてくれれば」

「はい、ありがとうございます」

兄さんは、白いパンにバターをつけながらいった。

わたしと兄さんは、薬になる草をおぼえた。

わたしと兄さんは、ごはんがすむと、かごをもって森に行った。草の葉がかごいっぱいになると、やわらかい草の生《は》えている、あたたかい場所でならんですわった。

兄さんは、わたしの髪の毛をなでる。

わたしたちが集めてきた草の葉を、ばあさんは、大きな鉄のなべに入れて、大きな木のしゃもじでかきまわした。

わたしたちは、それをじっと見ている。

「おまえたちがいてくれて、ほんとうに助かる。おまえたちは目がいいから、いい葉っぱを集めてくれる。このごろ、町の薬屋がいい値をつけてくれる。おまえたちは神さまの贈り物さ」

ばあさんは、わたしたちをやさしい目で見ながら、大きなしゃもじで、なべをかきまわしながらいう。

「ヘンゼル、わたしはもう年をとって歩くのがおっくうなのさ。明日から、おまえが町まで薬をもって行っておくれ。草を集めるのはグレーテルひとりで十分さ」

兄さんは、じっとわたしを見た。とても悲しそうな目で。

明日から、わたしたちは一日じゅういっしょにはいられないのだよ、と兄さんの目はいっていた。

「わかったよ、おばあさん。おばあさんが売るより、もっとずっと高く売ってくるよ」

「ありがとう、ほんとうにおまえはかしこい子だものね」

ばあさんは、かまどの前でこっくりこっくりと居眠《いねむ》りをはじめた。

兄さんはそっと立ちあがると、わたしをじっと見た。そして、そっとばあさんのうしろにまわった。

わたしにはわかった。ぜんぶわかった。

わたしは、ばあさんのうしろに兄さんとならんで、力いっぱいばあさんを押した。

マッチ売りの少女

あの子は、わたしがストーブに石炭を燃やすと、いつまでもストーブにへばりついていました。

「火のそばはあぶないよ。それに、子どもは元気よく外であそぶものよ。ごらん、マリアだって、ヤンだって、雪投げをしているよ」

あの子は、しぶしぶ帽子をかぶって、ドアを開けて外へ出て行きました。

見てると、あの子は、マリアの横をスタスタとおりぬけて、パン屋のガラス戸の前に立っています。どうしたのかしら、身動きもしないで。

パン屋の主人は、ガラス戸のむこうで大きな炉を開けました。

炉の中のオレンジ色の炎が、風を受けてライオンのたてがみのように見え、そして主人は、つぎつぎに、天パンの上にならべたパンを炉の中につめこみました。そして、炉の扉を閉めました。

あの子は、パン屋のガラスの前をはなれて、ぶらぶらと雪の降る通りをもどってきます。

そして、ガス灯の柱によりかかって、マリアや、もっと小さな子どもたちが雪投げをしてはじけるように笑うさまや、ふざけてかん高い声をあげながらあそぶのを、ぼんやり見ています。

あたりがうす暗くなりはじめました。

子どもたちはいなくなりました。

あの子は、まだガス灯によりかかっています。ガス灯に火をつける男が、長い金属の棒を持ってあらわれました。

男は、あの子がよりかかっているガス灯に、青白い火をともしました。

そして、男は、となりのガス灯にも火をともしました。

あの子は、ガス灯が青白く光るのを見あげて、男のあとをついて行きました。

夫が、馬車にひかれて歩けなくなりました。わたしは、洗たく女になって働きました。

まだ小さなあの子に、夫の看病と留守番《るすばん》をさせるのは心配でしたが、ほかにどんな方法があったでしょう。

夜、ベッドで、夫が自由のきかない足をかばいながら、心配そうにわたしにいいました。

「あの子は、一日じゅう、ストーブの火ばかりのぞきこんでいるんだよ。なべさえかけない。冷たいミルクとパンしか食べさせてくれないよ。自分もそうしているのさ」

「簡単な料理ができないはずはないわ。まえはわたしの手伝いをしていたもの」

「それに、ストーブをのぞきこむばかりではないんだよ。ストーブの中にかれ木をつっこんで、それをとりだして、燃える火を一日じゅう見ているんだ。うっかり眠ることもできない。おまえ、なにか、家でできる仕事はないものかね」

「アイロンかけは安いけど、アイロンかけにかえたほうがいいかもしれないわね」

わたしは、洗たく女をやめ、一日じゅうアイロンかけをしました。いくらにもならず、その日が食べられないことさえありました。

あの子は、ストーブの上にのっけるアイロンのそばに一日じゅうすわり、アイロンをストーブからはずすと、立ちあがってストーブの中をのぞきこみます。

ある日、あの子は、わたしと夫のそばにきていいました。

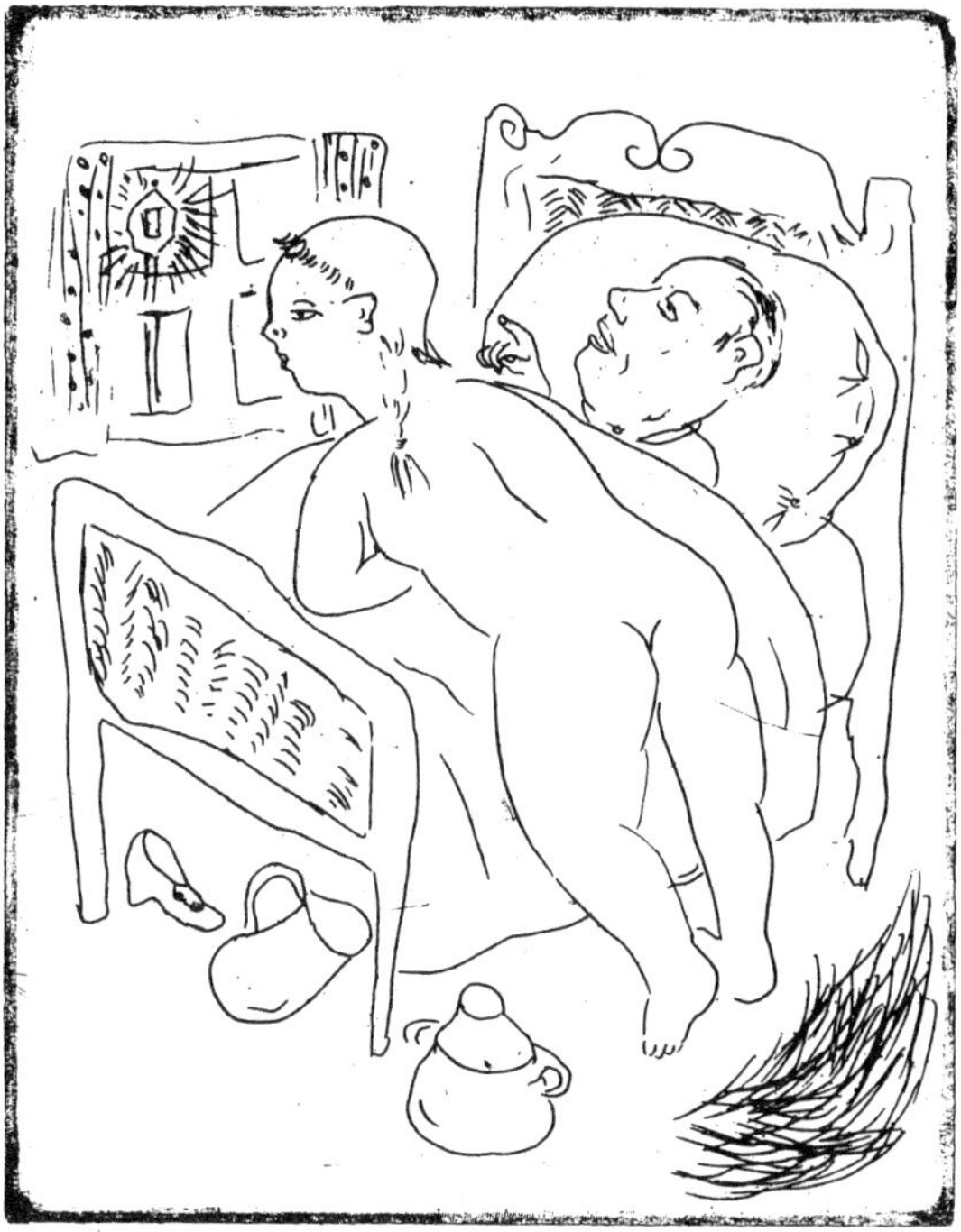

「わたし、働きに出かけるわ。父さんの薬、このごろ少しも買えないじゃないの」

「でも、おまえは小さすぎるわ。おまえにできる仕事など、ありはしないよ」

「あるわ。もうすぐクリスマスよ、マッチ売りに出るわ」

わたしと夫は、顔を見あわせました。


わたしと夫は、マッチ売りは小さな女の子がやるには外が寒すぎること、小さなマッチを百個売っても、いくらにもならないことをいいきかせましたが、あの子はききませんでした。物置きから小さなかごをもちだし、昔からマッチ売りをしている老婆のところへ、さっさとひとりで行ってしまいました。

わたしと夫は、どんなに心配したことでしょう。風の吹く町の中で、火あそびなどして、町じゅうを火事にでもしたら、どうしましょう。

はじめの日、あの子は、百個のマッチのうち、二十一個を売ってきました。小さな銅貨をほこらしげにテーブルの上にまいたとき、わたしは、あの子にキスをせずにいられませんでした。

夫も、やせた手で、あの子の巻き毛をそっとなでていました。

二日めは三十八個、四日めには六十三個のマッチを売ってきました。

「母さん、あしたはクリスマスイブよ。わたし、一本も残さないようにするの」

あの子の目は、それこそマッチの炎が燃えているようでした。

「ありがとう。今年は、いつものようなクリスマスのごちそうはないかもしれないけど、それでも、しちめんちょうのかわりに、小さなにわとりのローストと、クリスマスビスケットくらいはつくっておきましょうね。父さんにも、少しだけワインが残っていたかもしれない。マッチは残ってもいいから、早くお帰り」

あの子は、夫とわたしにキスをしました。

いつもよりずっと長いキスのような気がしました。


夕食の時間はとうに過ぎていました。雪が降りはじめていました。

わたしは、なんども表の通りに出ました。

チカチカ光るかざり窓が、今夜はいっそう美しく光っていました。

小さなあの子の姿は、どこにも見えません。

わたしは、町じゅうを走りまわりました。

マッチ売りの老婆のところにも行きました。

「ああ、今日昼すぎ、百個もって行ったきりだよ。百個はむりだと、わしもいったんだけど」

わたしは、あの子の名前を大きな声で呼びながら、路地から路地へ走りまわりました。

町のガス灯がひとつずつ消え、空はしらみかけてきました。

わたしは、家にもどりました。

手がつけられないままの貧しいクリスマスの食卓は、そのまま少しかわいて、夫はベッドの中で目を見開いていました。

わたしと夫は、黙って手をにぎりあって、ふるえていました。

「神父さまのところに行ってくるわ。きっと神さまが助けてくれるわ」

わたしは、教会に向かいました。

クリスマスの朝ミサに出かけようとしている人が、まばらに教会に向かっていました。

わたしは、走りました。

教会の開いていない門が見えたとき、わたしの胸は、痛いほど高鳴りました。

教会の門のところに、人が集まって、輪になっていました。

わたしは、乱暴にその人がきをつきとばしました。

ああ、やっぱりあの子でした。あの子は、ほとんど雪にうもれて、まるで白いふとんを着て眠っているようでした。

あの子のまわりに、おびただしいマッチの燃えかすが散らばっていました。

「かわいそうに、寒かったんだ。マッチで指をあたためたんだ」

「みなし子なのね。どんなに寒かったでしょう」

「せめて、クリスマスに神さまにめされたことを……アーメン」

わたしには、わかりました。あの子は、マッチ売りなんかしたかったんじゃない。

あの百個の中のマッチを一本残らずすって、心ゆくまで、その炎を見たかったんだ。

いったい、あの子は炎の中に、なにを見てたのでしょう。

この世とひきかえにしても、なおかつ見たかった炎とは、いったいなんだったのでしょう。

つるの恩がえし

わたしは、あの人に助けてもらったつるでございます。

あの人は、はじめから、わたしがつるだったことを知っていたのです。

雪があたり一面をまっ白にし、そのなかでわたしが立っていたのを見て、あの人はわたしに魅入られてしまったのです。あの人がわたしを見た目で、わかりました。

「いけません、わたしはつるでございます」

「つるだから、おまえじゃないか。なんという首の長さだ。そんなふうに首を動かせる女はいない。そんなふうにおまえの首が動くと、おれは胸がいっぱいになる」

あの人は、そうっとそうっと、わたしの首をさわりつづけました。

「もういちど、羽を広げて見せてくれ、見るだけでいい」

わたしは羽を広げます。

あの人は息をのみました。

「その羽で、おれを抱いてくれ」

わたしは幸せでした。この幸せを、やはりなんとしてでも形に変えて、あの人に見せたかったのです。

わたしがはたを織りだすと、あの人は涙をためて、

「そんなことをしなくてもいい。おまえがここにいてくれるだけでいいんだ」

といいました。

できあがった織り物を見たあの人の目は、わたしが雪の日にあの人の目の前にあらわれたとき以上の光りかたでした。

わたしは、織ってよかったと思いました。

「これは、おれには見えなかったおまえの魂だ」

あの人は、織り物ばかりじっと見ていました。わたしの毛は少しまだらになっていましたが、そんなこと、どれほどのことでしょう。

その夜、あの人は、織り物をかけて眠りました。

つぎの日、あの人は、一日じゅう織り物を前にして考えこんでいました。

そして、それをふろしきに包むと、町にでかけて行きました。

夜遅く、あの人は酔って帰ってきました。わたしを見ずに眠りました。

あの人は、働きに行かなくなりました。ずいぶん高い値に売れたのでしょう。

わたしは、もう布を織るのをやめようと思いました。

「もういちど織れるか」

あの人は、わたしを見ずにいいました。

わたしは、黙っていました。

あの人は、いらだっているようでした。一日じゅうふきげんでした。

わたしは、わかっていました。もういちど羽をぬいたら、もうわたしは、雪の日にあの人の前に立ったわたしではなくなる。あの人は、もう、わたしの白さを、あんな目で見てくれることはなくなるだろう。いまだって、もうわたしは、もとのわたしではない。あの人は、もうわたしを見ないのではないか。

わたしは、もういちどあの人のあの目を見たい。おどろきと、おそれと、あこがれと、欲望のまじったあの強い光を。

わたしは、もういちど、はたの前にすわりました。

その夜遅く、布はできあがりました。

わたしは、もう体にまとっているものは何もなくなりました。

血のにじんだ、この長い首。

この長い首を、あの人は愛した。わたしがつるだったから。

いまは、あの人は、この長いつるの首だから嫌悪するでしょう。

まばらになった、広い羽。

もう、この羽を広げて見せてくれとは、あの人はいわないでしょう。

わたしを見ないでくれと、わたしはたのみました。

たのまなくても、あの人は見なかったでしょう。

わたしが生命をかけた布は、やはりわたし以上の美しさでした。わたしに、どうしてこんな力があったのでしょう。不思議なことです。わたしは、体をふるわせながら、しかもとても心安らかでした。あの美しい体を失っても、わたしは悔《く》いはありませんでした。わたしは、わたしの魂と衣をあの人に残して、まだ星の残る外へ出ました。

いちどは死んだわたしでございます。

もういちど、あの人は、あの目でわたしの魂と衣を見るでしょう。こんなうれしいことはございません。

マリアの子

わたしの家は貧しかったので、父はわたしをマリアさまの養女にしました。森の中で、わたしは、父からマリアさまに手わたされました。わたしは三歳でしたから、あまりよくおぼえていません。ただ森はとてもうす暗く、しめっていました。父の顔は思いだせません。

わたしは天国につれていかれ、十四歳まで天国にいました。天国はいつもまばゆい光に満ち、そのまばゆい光よりもさらにまばゆい金の洋服を、わたしは着ていました。あそび相手は天使でした。なにひとつ不自由なことも、つらいこともありませんでした。

天使は、いちどだって下品なことばをつかったり、意地悪したことはありません。うすのろの天使もいませんし、鼻をたらした天使もいません。ボスの天使が、万引きしてこいと命令することもありませんでした。

そんなことをする必要がないほど、すべてのものが満ちあふれているのが天国なのですから。

わたしは、天国そのままの魂しかもっていませんでした。わたしの魂は、光とかぐわしい香りと、やさしい天使たちの声からできていました。

でも、わたしはときどき、天使たちとあそんでいて、ぼうっとして心のなかががらっぽになるような気がすることがありました。

「どうしたの？」

天使が聞きましたが、わたしは、それを説明することができませんでした。大きくなるにしたがって、わたしはぼうっとすることが多くなってゆきました。わたしは、ぼうっとしているとき、天国が明るすぎてまぶしく思いました。わたしは、どこかまぶしくないところに行きたいと思いましたが、天国にまぶしくないところなどありませんでした。木のかげさえ、すきとおったすみれ色でした。

長い旅に出るため、マリアさまがわたしに十三のかぎをわたされたとき、わたしの心に、不安と好奇心が生まれました。

十二の部屋には、それぞれキリストさまの十二人の弟子がすわっておられ、大きな輝きにとりかこまれていました。

十三番めの扉の前にきたとき、小さな天使たちが「いけないわ」といいました。わたしが三歳で天国にきたときの小さな天使は、年をとらずに三歳か四歳のままでした。

わたしは十四歳になり、天使たちよりずっとずっと大きくなっていて、ほとんどマリアさまと同じくらいになっていることに気がつきました。

わたしは、「こんなチビになにがわかるのかしら」と思い、いままでいっしょになってあそんでいたことが、とてもばかばかしく思えました。

「そうね、やめるわ。あちらへ行って泳ぎましょう」

というと、天使たちは金色の小さな羽をバタバタ動かして、飛んで行きました。天使たちが行ってしまうと、わたしは十三番めの扉を開けました。

中はまっ暗でした。そのまっ暗な中に、キリストさまが十字架にはりつけにされて、血を流しておりました。わたしは、十字架の下に行きました。暗くて、しめっていました。

わたしは、キリストさまの血の流れている足に口づけをしました。

キリストさまは、わたしを見てかすかに笑われました。わたしは、いままであのよ

うな哀しげで、淋しげな笑顔を見たことはありません。天使のだれが、あのように笑うことができたでしょう。わたしは、口づけをしたとき全身に痛みが走りました。天国でいちども感じたことのないことでした。天国に痛いことなどなにもなかったのですから。

わたしは、キリストさまの足をなでながら、涙を流しておりました。わたしは、天国へきてはじめて涙を流したのです。

おきのどくな神さま。

わたしは、あの哀しげで淋しげなキリストさまの笑顔を、わたしだけの秘密にする決心をしました。

わたしは、十三番めのお部屋のかぎを閉めました。

「十三番めの部屋を開けましたね」

「いいえ」

「十三番めの部屋のかぎを開けましたね」

「いいえ」

マリアさまは、わたしの目の下の涙のあとにさわりながらおっしゃいました。

「あなたは、いいつけを守らなかった。そのうえ嘘までつきましたね」

嘘？　嘘？

わたしは、ただ、神さまのあの哀しげで淋しげな笑顔を、わたしだけで守りたいと決心しただけです。

わたしは、天国を追われました。

わたしは、暗くてしめった森の中にいました。


わたしは、三人の子どもをさずかりました。

三人の子どもは、天使ではありません。

三人の子どもは、けんかをし、けがをし、泣き叫び、そして笑います。眠っているときだけ、わたしがかつて天国であそんだ、あそび仲間と同じあどけない顔になります。

　そして、嘘をつくようになりました。

「嘘をついたのね」

わたしは、子どもの目の下の涙のあとをさわりながらいいます。

「嘘なんかついていない」

子どもは、歯をくいしばってわたしをにらみつけます。

子どもは、きっと、嘘をついてでも守りたいなにかをもったのです。

わたしは、嘘をついた子どもの頭を抱きます。どんなことがあっても、わたしは、天国に子どもを養子になんか出すもんですか。

こぶとりじいさん

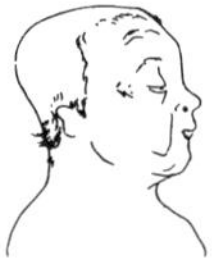

はじめから、わたしは、じいさんのこぶのことなど、気にもならなかった。

村の娘たちは、じいさんのこぶを気味悪がったが、わたしには、気味悪がる娘たちは、こぶに気をとられて、じいさんの心根《こころね》に気がつかないんだと、かえって安心したくらいだった。

五十年、わたしたちは、それは仲のよい夫婦だった。

わたしが、よい女房に生まれついたわけではない。じいさんとふたりでいて、よい女房になれない女などいるだろうか。

若いときからじいさんはよく働いたから、くらし向きは心配することがなかったし、じいさんは、わたしに心配をかけるようなことを、なにひとつやりはしなかった。

「なにか不足はないか」

じいさんは、夕食のとき、いつもわたしにたずねた。

「なにもいらん。あんたがじょうぶであれば、わたしはなにもいらん」

「欲のない女だな」

夕食のあと、じいさんは、わらぞうりをつくった。自分のわらぞうりはじょうぶにしっかりつくり、わたしのぞうりの緒《お》には赤い布をよりこんで、やわらかくつくった。わたしは、干し柿をつくりながら、ときどき、わらぞうりをつくるじいさんをいつまでも見ていることがあった。

一心不乱にわらぞうりをつくるじいさんのほっぺたに、大きなこぶが光ってぶるぶるふるえている。こぶが気にならんどころではなく、ぶるぶるふるえるこぶを見ると、わたしは、じいさんがいとおしく思えた。こぶのない男は、のっぺりしたつまらん男に思え、のっぺりした顔の亭主をもった女たちを、わたしはきのどくに思った。

夜寝るとき、わたしは、こぶをなでながら眠った。

「おまえは、わしのこぶだけが好きなのか」

「こぶがあるから、たったひとりのあんたじゃもの。わけては考えられん」

「子どものころは、こぶをじゃまに思うことも、笑われて切り落とそうと思ったこともあった。おまえといっしょになって、わしは、こぶも耳や鼻と同じに、だいじに思えるようになった」

「あんたは、わたしに不足はないのか」

「おまえがええ、おまえだからええ」

じいさんはいつまでもわたしの背中をなでてくれた。


仕事に出て行くじいさんを、わたしは、毎朝門まで見送った。うしろむきのじいさんの頭の横に、丸くでっぱったやわらかそうなこぶを見ると、今日一日なにごともなけりゃいいと、わたしは、うしろ姿に手をあわせた。

わたしは、一日として不幸せな日はなかった。


「もどったよ」

ともいわずにじいさんが土間《どま》に入ってきた。

わたしはじいさんを見あげた。

じいさんにはこぶがなかった。

それからわたしは、なにやら恥ずかしくて、じいさんの顔をまっすぐ見られんよう

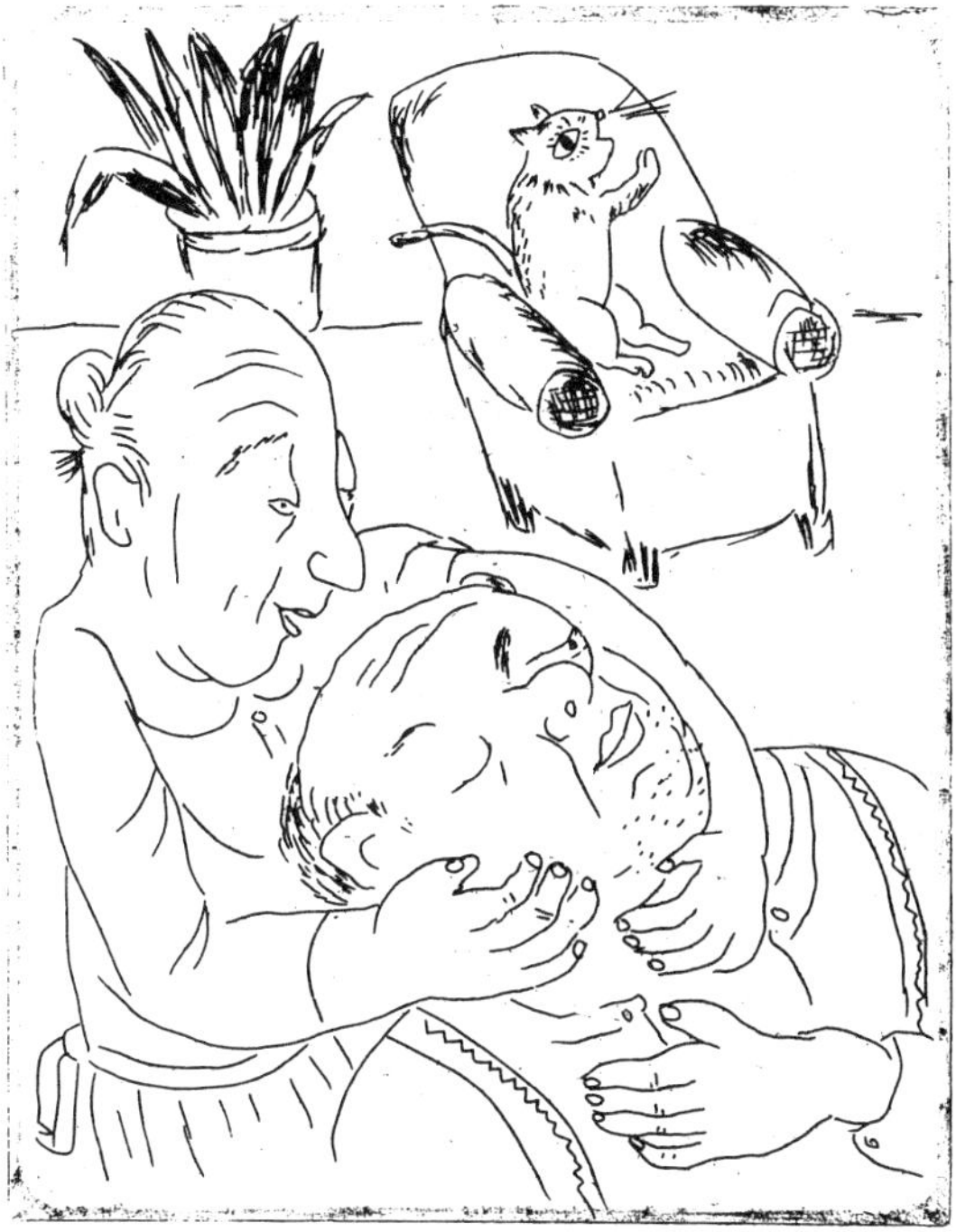

になってしまった。

「男ぶりがあがったろうが」

じいさんは、わたしの背中をなでながら床の中でいう。

わたしは、じいさんの胸に顔をつけながら、

「あんたはいつだって、いい男ぶりだよ。でもな、ただこっちの手が、手もちぶさたでかなわん」

という。じいさんは、わたしの背中をなでながら、

「いまになれるわ」

とやさしい声でいう。

となり村の、こぶが二つになってしまったじいさんとこのばあさんは、うちのじいさんのこぶにもさわっているんだろうか。

「なにか不足はないか」

じいさんはわたしにいう。わたしはじいさんの顔を見ないで、

「不足はない」

と小さな声で答える。

花咲かじいさん

わたしは、うちのじいの家柄と男ぶりに目がくらみ、とんまでうすのろなことに、とんと気づきませんでした。

「わたしといっしょになっておくれ。あんたなしでは、もう生きられん」

と、わたしがいいよったのでございます。うちのじいは、なにもいわずに、つぎの日からわたしといっしょにくらしはじめたのです。

人のたのみをことわったことがなかったのでございます。そのころ、わたしはじいは無口だがたのもしい人と思っておりましたが、なまけ者のうえに、目はしがきくでなし、親の財産など、十年で食いつぶしてしまいました。それでもあわてて働くでもなく、あんなあばら家にまで落ちぶれてしまいました。落ちぶれても、毎日にこにこしているし、どんなときでも、人のたのみをことわったことなどなく、少しでも人から悪く思われたくないばっかりに、何でもひきうけ、それがうまくいったためしはございません。

わたしは、もうじいのことはあきらめて、内職の袋はりなどやっておりました。ひとさまがうちのじいを悪くいったことなどいちどもないのは、ひとさまのかってでございまして、なまけ者でにこにこしている身内ほど、腹のたつものはございません。

となりのばあなど、

「おまえのじいは、やさしくてうらやましい」

と口うるさい自分のじいをぐちるのでございますが、にこにこして米一粒もってくるでない男の、どこがやさしいのでしょう。わたしなどから見れば、口やかましくてごうつくばりのとなりのじいのほうが、なんぼか男の甲斐性《かいしょう》というものでございます。となりのじいは、水のみ百姓からたたきあげたまじめなりちぎ者で、夫婦で、それはありのように働いて、あそこまできたのでございますから、八十年も貧乏をつづけて、少しばかり人相が悪くなってねたみ深くても、それは、いたしかたないことではございますまいか。

あの犬のせいでございます。あの犬は、みるからに魔性で、わたしなど気味悪かったのでございますが、じいが犬についてくわで地面を掘りだしたときは、さすがのわたしもあきれはてました。犬のたのみさえ、ことわれなかったのでございます。

小判が出てきたとき、わたしは気味悪く、ばちがあたりそうで、働かずに小判など手にするじいを、心底見さげておりました。

あれから、なにか狂ってしまいました。

はい、いまはなんの苦労もございません。今日も、じいは殿さまに呼ばれて、裸踊りなどして、ごてんのみかんの木にさわったら、みかんが黄金の木の実になったそうでございます。

となりのじいは、あれから、もうこそとも働かなくなりました。

となりのばあは、わたしの顔を見ても、あいさつもせず、ものすごいいきおいで、地面につばをはきつけるのでございます。

おそろしい形相《ぎょうそう》のとなりのばあのほうが、にこにこと裸踊りをするうちのじいより、なんぼかまっとうな人間のくらしかたをしているのではございますまいか。

親指姫

わたしの家は、男所帯だった。

父は木こりだったし、わたしが子どものころから、上のふたりの兄は父と同じように山に行き、すべてが荒っぽくておおざっぱな家で育った。母はわたしを産んですぐ死んだので、家の中に女っ気《け》はまったくなく、部屋の中に赤いものなどなにもなかった。

わたしは、それが不足だと思ってはいなかった。

父も兄たちもそうぞうしく、ぶっきらぼうだったが、陽気で十分やさしかったからである。

兄たちは、気に入った娘をそれぞれ見つけると、家を出て行き所帯をもった。

わたしも年ごろになった。

色の白いほっそりした娘は、髪にリボンをつけて、花をたくさんかざった帽子をかぶっていた。そして、ピンクのやわらかい布の軽いスカートをふくらませた洋服を着ていた。まるでおとぎ話のお姫さまみたいだった。

なにひとつ、わたしの家にはなかったものだ。

わたしがその娘をつれて家に入ると、家の中がにわかに愛らしくはなやかになった。

女って、なんと、かわいらしいものなのだろう。

わたしと娘は、父の家のそばに小さな新しい家を建てて、ふたりで住みはじめた。

家を建てるとき、娘はいった。

「かわいらしい窓をつくってね、小さな窓に、白いレースのカーテンをさげたいの」

女っていいもんだなあ。女房になった娘は、いつまでたっても、子どものようにあどけなく、ちょっとした物音や、そうぞうしさをきらい、家中をピンクにし、あらゆるものにリボンを結んだ。こまごました人形を棚にならべ、小ぶりな皿には花の絵がついていた。

これでこそ、女がいる家ってもんだ。だが、わたしは、多少面《おも》はゆく、仕事の仲間がきたりすると、少し恥ずかしい気がした。仕事仲間がわたしの顔を見てにやにや笑うのはかまわなかったが、女房が、いつまでたってもわたしと夫婦の交わりをこばむのには困ってしまった。子どもっぽくは見えたが、一人前に年はとっていたのだ。

「子どもはほしくないのかい」

「ほしいわよ。小さい小さい、お人形さんのような女の子がほしいわよ」

「なにもしないで子どもができると思っているのか」

女房は、しくしく泣きだした。

「あんないやらしいことしなくちゃ、赤ちゃんはできないの。それに、赤ちゃん産むとき痛いんだって」

「そろそろ、おとなになってくれよ。いつまでも、ピンクのリボンじゃあるまい」

「あら、ピンクのリボンのどこがいけないの、あなた。きらいなの」

「きらいじゃないさ」

わたしは、泣いている女房をなだめるよりほか、しかたがなかった。

「赤ちゃんが生まれたらね、くるみのベッドに、バラの花びらをしいて寝かせるのよ。昼間はチューリップの部屋であそんでいるの」

わたしが、女房はおとなになりたがらない、夢だけを見ている女なのだと納得するのに、そう時間はかからなかった。

わたしは、子どもをもつことをあきらめた。

仕事が終わっても、わたしは、あのリボンだらけの家に帰る気がしなくなり、酒場によるようになった。

酒場の女は、女房にくらべると、野卑《やひ》だったかもしれない。しかし、ままごとあそびにしか興味をしめさない子どもではなかった。

兄たちの女房も、がっちりした腰つきで、あばれまわる子どもをなん人も産んで、人生ってものを、体でひきうけていた。

酒場から遅く帰ると、女房は泣いていた。

「夜はこわいのよ。淋しいのよ」

わたしは、黙ってひとりで寝た。

そうして、なん年かが過ぎていった。


ある朝目をさますと、女房が窓辺で、ぶつぶつひとりごとをいっていた。食事のしたくができていなかった。

女房は、レースをかけた小さい窓のそばにくるみのからを置き、花びんのバラの花をむしって、くるみのからにつめこんでいる。

「ね、見てちょうだい。やっと赤ちゃんが生まれたの。ほら、こんなにちっちゃい。親指くらいしかないでしょう」

わたしには、くるみのからと、むしったバラの花びらしか見えない。

「赤ちゃんが寝たらね、お食事にしますからね」

女房は一日じゅう、くるみのからに向かって、小さな声で話しかけていた。窓にチューリップの鉢をいくつもならべ、いつも花が半分開きかけているようにしていた。

「昨日は黄色いお部屋であそばせたの。明日は白い花がちょうどいい広さになるわ。ほら、見て、わたしを見て笑ったわ」

わたしには、がらんとしたチューリップの花の内側が見えるだけだ。

かわいそうに、丘の上の白い病院に入れるよりほかしかたがないのか。


女房は、くるみのからを抱いて病院に入った。

見舞いに行くと、女房は、白い小さな部屋のベッドの上でうずくまっていた。

「親指姫は元気かい」

わたしは、女房の肩を抱いていった。

「悪いかえるが盗んでいったの。でもね、つらいことがたくさんあるけど、あの子は、つばめの王子さまの国で、そりゃかわいいお姫さまになるのよ」

わたしは、ひからびたバラの花びらしかないくるみのからをもった女房の背中を、いつまでもなでていた。

女房は、親指姫と自分が区別できなかった。

わたしが悪かったんだろうか。

わたしにできることが、なにかあったんだろうか。

ラプンツェル

ラプンツェル、ラプンツェル
おまえの髪の毛をたらしておくれ

わたしは、ゴーテルばあさんの声が聞こえると窓に走りより、髪の毛をたらす。塔の下でばあさんは、食べ物の入ったかご、体を洗う水の入ったバケツ、週刊誌や、新しい洋服を入れた袋などといっしょに、わたしを見あげている。ばあさんが、髪の毛にそれらのものをひとつずつ結びつけると、わたしはそれをひきあげる。

こまごましたものをひきあげ終わると、わたしは、床の上にしっかり四つんばいになって、首をぐっと胸のほうにひきよせる。ばあさんは、わたしの髪の毛をつかんで、エベレストの絶壁に挑戦する登山家のように、髪の毛をたぐりよせて、塔に足をかけてのぼってくる。

ばあさんが窓に足をかけるとき、わたしは、どんなにがんばってものけぞってしまい、髪の毛の根元がひきちぎれるかと思う。

いつか、髪の毛といっしょに、頭の皮がペロリとむけてしまうのではないだろうか。

ばあさんも、年々重くなってくる。肥満もあるが、体力がおとろえて、時間がかかるようになり、床にころがりこむとゼイゼイ息をあらげてへたりこみ、ときどきは涙を流している。

わたしは、頭が燃えるように痛み、しばらくは床に体を投げだして、痛みがひいていくのを待っている。

ばあさんは、わたしの洋服をぬがせ、バケツの水で、わたしの体をふく。ふき終わると、髪の毛をほどき、ていねいにくしですく。

部屋の中は、金色の海になる。

金色の海の中に、わたしは、裸で横たわっている。

頭の痛みがひいていくとき、胸のどうきが激しくなり、体じゅうが熱くなっていく。

小さなむしが、体じゅうの血管に入って、指の先から足の先まで、みっちりとはいまわっていくみたい。むしが死ぬと、むしの死んだあとを、青白い光が静かに光りだすみたい。

「明日から洋服をぬいで待っているわ」

「そうしてくれるかい。わたしも、いつまでもつやら。このごろは、ほんとうにつらい」

「そんなこといわないで」

わたしは、ばあさんのうすくなった白い髪の毛が、遠慮深く《えんりょぶか》巻きついている小さな頭を抱いて泣く。どうして泣くのだろう。ただ泣きたいのだ。

王子が窓から飛びこんできたとき、わたしは頭の皮がむけたかと思った。王子は、ばあさんの倍以上の背の高さで、がっしりとした体つきだった。

王子は、床に横たわっているわたしを見ておどろいて走りより、わたしの体をゆり動かした。

「髪の毛が痛い。ほどいてちょうだい」

部屋は、金色の海になる。

小さなむしは、火のむしのようだった。

オレンジ色の光が、髪の毛の一本一本にしのびこんでいった。

わたしは、裸の王子を抱いて泣いていた。

どうして泣くのか、わからない。

王子の髪の毛は、くるくるとカールして、青黒く光っていた。泣きながら、わたしは、王子の髪の毛の中に指を入れ、思いっきりひっぱった。王子はうめいた。


わたしは、ゴーテルばあさんを捨てて、王子の妻になった。

わたしは、城の塔に住んだ。

ラプンツェル、ラプンツェル
おまえの髪の毛をたらしておくれ

わたしは、城の塔の中で四つんばいになり、あごを胸にぐっと近づけて、王子の重みがわたしの頭の皮にかかるのをこらえる。王子が窓から飛びこんでくるとき、わたしは、目に涙をためて痛みにたえ、ひいていく痛みが残す光を待つ。わたしたちは、金色の海にまみれる。

いつか、わたしもゴーテルばあさんのように、髪の毛がぬけ落ち、わずかばかりの白いものを頭に巻きつけるだけになるのだろうか。

わたしは、嫉妬《しっと》深いのかもしれない。

城の侍女《じじょ》たちを丸坊主にさせた。

かちかち山

ばあさんが死んだときは、村じゅうの女が手伝いにきて、そりゃ、りっぱな葬式だった。女たちは、わしの手をとって、

「ほんに、ばあさんは本望だったずらよ。女だったらだれだって、亭主に食われて死ねたら、思い残すことはないだよ。あんたは、それで達者で長生きしてくれや。ばあさんがいっしょに生きているのも同じだ」

と、わしといっしょに泣いてくれた。

男たちは、「あのたぬきは生かしちゃおかん、きっとわしらでかたきを討つだ」と大酒をくらって、たぬき狩《が》りの相談をしてくれた。

それから、男たちは、毎晩「ちょっくら、たぬき狩りの相談でよりあうだよ。ま、いっぱい飲んでからじっくりやるべえ」と集まってきて、

「あのたぬきは、いったいどこに住んでいるずら。まあ、そのうちにまた出てくるずらよ」と酒盛りだけして帰って行く。

あいつら、酒さえ飲めりゃ、なんだって集まってくる。

わしゃ、もう村の男たちはあてにできん、と思った。

村の共同井戸のうらを通りかかったとき、女たちが大声で笑っているのが聞こえた。

「なにしろ、自分のかかあを食っちまっただ。うす気味悪いよほんとうに」

「だけんども、あのばあさん、ずいぶん固かったっていうじゃあないか。ほれ、前歯は、そのとき折れちまったそうだよ」

女たちは、また大声で笑った。

わしゃ、体じゅうがふるえてきた。そして、決心した。なんとしても、あのたぬきは、ただじゃおかん。ただじゃおかんといっても、どうすればいいのか。


ばあさんが死んでから、一週間たった。

玄関に、あの男がきた。男は、手に太い判この金の指輪をして、黒メガネをかけて、黒い背広を着ていた。色がいやに白くて、メガネをとると、目がまっ赤だった。

男は、銀色のタバコケースからタバコを出して、ダンヒルのライターをシュポッと鳴らして、いろりにあぐらをかいた。

「このなべでございますか」

男は、なべを見ながらいった。

「ひどい目におあいでしたね。ものは相談でございます。ことによっては、一肌《ひとはだ》おぬぎできるかと」

「ぬぐって？」

「なに、いろいろやりかたはございます。ただ殺《や》るとしましても、それではお気がすみますまい」

「どれくらいかかるかね」

「やりかたによりますです」

わしの耳に、女たちの笑い声がへばりついている。

「いや、金はいくらかかってもかまわん。おまえにわしの気持ちがわかるなら、わしの気持ちがすむやりかたってのを考えてくれ」

男は、にやっと笑った。

なんだかいやに、うさぎに似ている。

「火であぶって、そのあと、井戸ん中へでもほうりこみたいくらいだ」

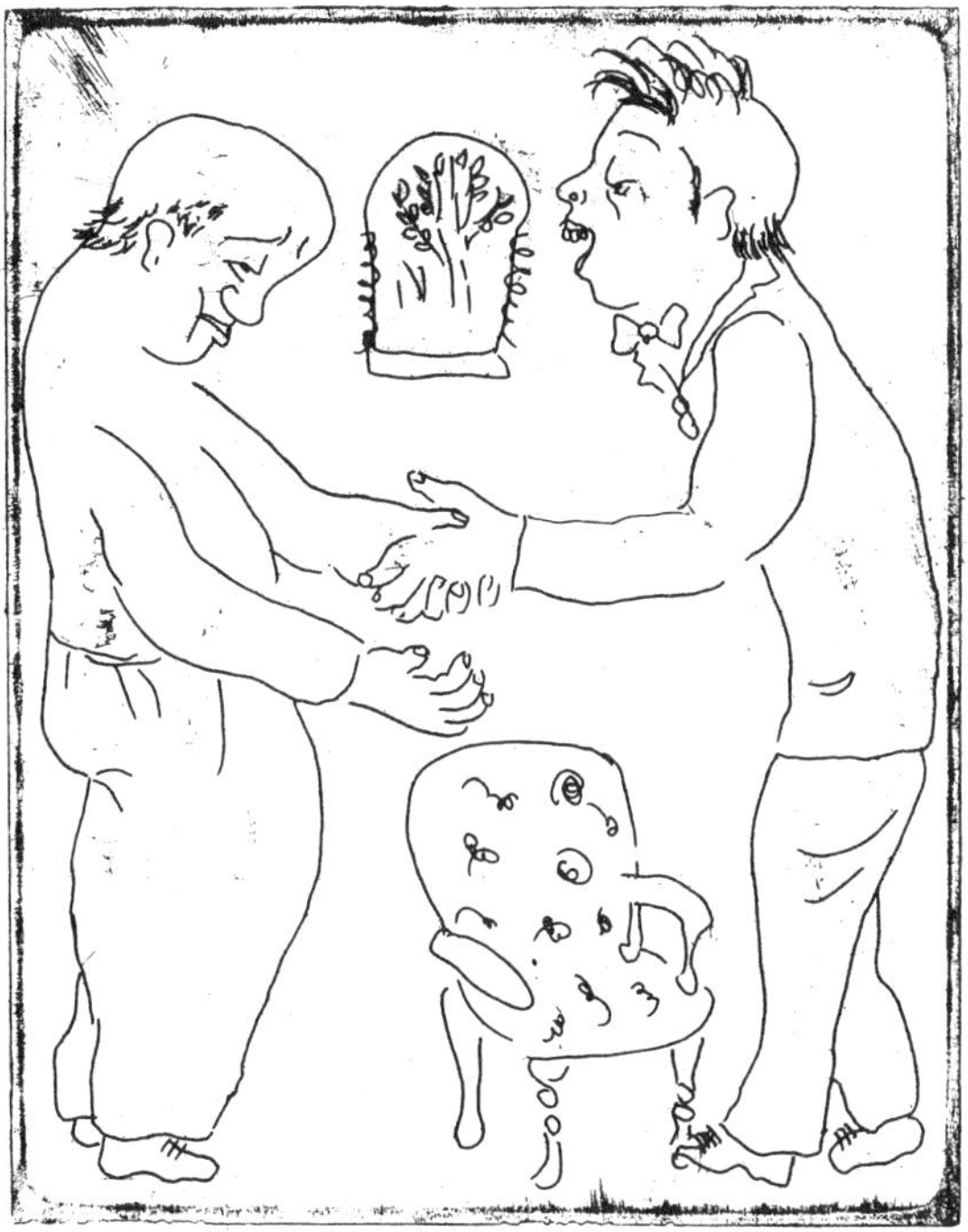

「そんなものでよろしいので」

「わしにはわからん、なにもわからん」

「それなら、おまかせねがえますか。ま、いろいろきめ細かく細工をするのが、わたしのやりかたでございます。いってみれば、芸術家肌ともうしますか、職人肌ともうしますか、徹底的に満足していただけるかと思います」

男は、黒いかばんの中から白い紙を出して、

「契約書でございます。読んで判を押してもらいます。火であぶって、水の中にたたきこむだけだと、ここの値段でございますが、ここと ここの間に、二つほど新しいアイデアを使いますと、五割増しになります。とどめの一発に仕かけをすると、仕かけ代、材料費は、アイデア料とはべつになります」

「まかせるよ、ただ、あのたぬきが、どうなってくたばったか、村の女衆に知らせてもらいたい」

「マスコミ宣伝代は割高でございますが、これもピンからキリまで……。ビラをまくのから、テレビの実況まで、いろいろございます」

「テレビ……テレビにしてくれ」

あの男が、どうやってたぬきを見つけだしたかわからなかったが、一ヵ月後の日曜日の朝十時から、テレビでたぬきを殺る実況中継があるということは、もう村じゅうのうわさだった。

九時半には、家の座敷は、村じゅうの男と女が集まってきて、大変な騒ぎだった。

十時になると、テレビの中を、あのたぬきがまきをしょって山の中を歩いていた。うさぎそっくりのあの男が、ダンヒルのライターで火をつけた。

村じゅうの男も女も、飛びあがって走りまわるたぬきを見て、腹をかかえて笑った。

わしは、笑わなかった。わしは、まきの量が少しすくないんじゃないかと思った。

たぬきは、赤むくれになった背中を、うさぎそっくりの男に向けて泣いていた。ばあさんは、あんなもんじゃなかった。

男は、かばんの中から赤い粉を出して、たぬきの背中にふりかけた。たぬきはキーッという声とともに画面から消えた。ばあさんは、あんなもんじゃなかった。

「ほうー」

テレビを見ている村じゅうの男と女が感心した。

沼が映って、舟が一そう浮いていた。たぬきが、舟に飛び乗った。

舟は、たぬきが乗ると、沼の中央に向かって動きだした。

そして、少しずつ、底からとけはじめた。

たぬきが沼の底に沈んでゆくまで、カメラは動かなかった。

テレビを見ていた村の男と女は、シーンとしていた。だれも笑わなかった。

たぬきがしがみついた舟のへりがくずれて、水の中にとけていった。

それが、舟の最後の場面だった。舟が消えたあと、たぬきの手が空中をもがき、そしてそれも沈んだ。たぬきの最後の声はとちゅうで消えた。カメラは、手が消えた水紋を映し、いつまでも水面を映していた。

水紋が消えてさざ波が立っている水面に、太陽がキラキラ光っていた。

ばあさんは、あんなもんじゃなかった。

ラーメンのコマーシャルがはじまると、村じゅうの男と女は、シーンとしたまま、ひとりずつ土間からわらじをはいて帰って行った。

村で女たちに会うと、女たちは目をそらした。

井戸をとおりかかると、女たちの声が聞こえた。

「なんたって、あれはやりすぎってものだよ、人殺しにだって、人権ってものがあるよ。泥の舟は、余分じゃなかったかね」

「いくらうらみがあっても、それはそれ、もうちょっと、らくに殺ってもよかったんだよ」

「三十分はたっぷりかかったよ。見ちゃおれんかった」

「どっちにしても、うす気味悪いじいさんだ」

「たぬきは、やったことはやったことで、なかなかあいきょうだってあったしな」

ブレーメンの音楽隊

わたしは、長いこと、ほんとうにろばのように働いた。おまけに、わたしは、正真正銘のろばだった。

働けるだけ働いたら、あとの余生はのんびりくらしたいと思っていた。この家がなりたつために、わたしの労働がどれほど貢献したかは、倉にぎっしり毎年小麦をつめこんだことだけでも、だれの目にもあきらかだ。

主人たちは、もうじき、若い元気なろばを市場から買ってくるだろう。昔、わたしがこの家にきたときのように。

わたしは、井戸のそばの木かげで一日のんびりはえを追い、夕方になったら、若いろばに、すきのかけかたを教えてやろう。一人前になるのは容易なことじゃないからな。

それから、思い出話もせにゃならん。若い世代に伝えるべきことを伝えるのは、年寄りのつとめだ。主人たちは、毎日、ぬけた歯にいちばん上等なやわらかいとうもろこしを食わせてくれるだろう。

旱魃《かんばつ》をわたしとともに乗りきったことを、忘れてはいないだろうからな。

休みの日には、小さい荷車をひいて、村の祭りに家族じゅうを乗せて行った。おかみさんは、灰色のわたしににあうといって、盛大なひなげしの花束でかざりたてたもんだ。酔っぱらった主人を居酒屋からかついで帰ってきた日は、星が降るみたいな夜だった。

ある日、主人夫婦が、飯を食いながらいっていた。

「あいつも、もうそろそろ、おはらいばこだな」

「このごろじゃあ、年とったろばは、市場でも買手はないわよ。つぶしたところで、肉はすじばっかりだし、皮だって、ところどころはげてちゃあ、皮屋だって、もって行かないわよ」

わたしは、ブレーメンへ行こうと思った。

そして、家を出た。

しばらく行くと、猟犬が寝ころんでいた。

「これ、おまえさん、なにをそんなにハアハアしているんだね」

「もう猟に行けなくなってね、主人はぼくをなぐり殺そうとするのさ」

犬は、目やにだらけの目をしょぼしょぼさせていった。

「ブレーメンへ行こう」

二ひきで歩いて行くと、ねこが陰気くさい顔をしてうずくまっていた。

「おれは、もう年で、一日じゅう寝てたいんだ。ねずみを見たって、めんどうなだけだ。目も開けたくねえ。目も開けねえでいたら、ねずみは、おれの頭の上で昼寝をしだした。おれは、それもいいんじゃねえかと思ったがね、奥さんはそれを見て、おれを風呂おけの中にぶちこもうとしたんだ。いいたかねえが、おれは、一生分のねずみはとっくにとり終わっていると思っていたがね」

「ブレーメンへ行こう」

わたしたちは、いっしょに歩きだした。

ある屋敷の門の上に、にわとりが止まっていた。

にわとりは、朝でもないのに「コケコッコー」と鳴いていた。

「どうしたんだね」

「コケコッコー。この家の者は、おれがぼけたっていうんだ。そんなことはねえ、おれは昔よりも調子がいいくらいだ。なんどだって鳴けるんだぜ」

「ブレーメンへ行こう」

にわとりは、よろこんでついてきた。

ブレーメンはどこにあるのか、わからなかった。わからなかったけど、わたしたちは、ブレーメンをめざして歩いた。

「年はとりたくねえな。ブレーメンなんぞ、昔は半日もありゃあ行けたもんだ」

ねこがいった。

「ブレーメンへ行ったことがあるのかね」

「それがよく思いだせねえがね」

ねこのひげは、すり切れて、毛穴だけになっている。

「おれの行ったころは、ブレーメンは戦争していたぜ。コケコッコー」

にわとりがいった。

「戦争したのは、ありゃあたしか、クレーメンだ」

犬がいった。

「そうだ、クレーメンだ。コケコッコー」

わたしたちはずいぶん歩いたが、ブレーメンはどこだかわからなかった。

森の途中に、どろぼうの家があった。

わたしが前足を窓わくにかけ、背中に犬が乗り、その上にねこがよじのぼり、にわとりがねこの頭に止まって、中をのぞきこみ、いちどきにどろぼうにたずねたもんだ。

「ブレーメンはどこかね」

どろぼうたちは、腰をぬかして、家を飛びでて行った。

わたしたちは、たしかに、

「ブレーメンはどこかね」

と聞いただけだ。

しかし、どろぼうたちには、わたしのヒヒーン、犬のワンワン、ねこのニャーン、にわとりのコケコッコーがこんぐらかったんで、声の中身を区別できなかったんだな。

わたしたちは、そこでひと休みしてブレーメンに行くことにしようと、どろぼうたちが残していったものを食って寝た。あんまり寝られなかったな、なんどもにわとりが鳴いたもんでな。

つぎの日になっても、だれも動きだしはしなかった。てんでに、若いときのことを

話しだすからだ。

「ねずみはよ、でっかいほうがとりやすいんだよ、体が重いからな。おれは、若くてすばしっこいのばっかりねらったよ。これは自尊心の問題だからな」

とねこがいっているのに、にわとりは、

「コケコッコー」

とわめきつづけ、犬は、

「忠誠心というものは、われわれによって完成したわけだが、忠誠心は無私であることを要求するわけで、無私かどうかは、目を見りゃわかるわけで……」

と、しわがれ声でいつまでもつづける。わたしは、

「労働をしながら詩人でありつづけることができたのは、ろばだったからだな。自分が詩を感じるだけでは人間と同じだが、わたしは、わたしを見た者に詩を感じさせねばならん。これは、耳の動かしかたにコツがあるんだな」

といったが、だれも聞いてはいなかった。耳が遠くなっちまっていたんだ。

わたしたちは、そこで余生を送った。

それでも、わたしたちは、ときどき、

「ブレーメンはどこだ」

ってぃうのを忘れなかったがな。

にわとりだって、「コケコッコー」といっていたが、あれは、「ブレーメンはどこだ」っていっているつもりなんだ。

ブレーメンってのは、あの世のことなんだな。家を出るときから、みんなわかっていたにちがいない。

眠り姫

眠り姫は、ときどきうす目を開けて、王子がくるのを待っていた。

眠り姫は、五十年めくらいから、見る夢もないほどたいくつしていた。

五十一年めにきたのは、道に迷った木こりだった。

木こりは、眠り姫を見ておどろいてゆり動かした。眠り姫は、片目をうすく開けて木こりを見たが、「イメージがちがうわ」といって、また眠りつづけた。

木こりは、なおもゆり動かした。

眠り姫はとつぜん起きあがり、木こりに平手打ちをくわせた。

木こりは、斧《おの》を眠り姫のそばにおいたまま逃げだした。

「ありゃあきつねだ。悪いきつねだ」

木こりは、斧をとりに行く勇気を、斧といっしょに捨てた。

七十年めにやってきたのは、考古学者だった。

考古学者は眠り姫を見たが、泥まみれの骨にしか興味をもたなかったので、バラ色のくちびるをして寝息を立てている眠り姫のそばに立って、「衣裳《いしょう》はもうしぶんないのにな。せめて白骨化してればなあ」とつぶやいた。

眠り姫はもう待てない、だれでもいいと思ったが、考古学者は、古代文字の解読書を一冊置き忘れて、そのまま行ってしまった。

八十年めにやってきたのは、小さい男の子だった。

男の子は「わあ、お姫さまみたいだ」というと、汚れた手で眠り姫の体じゅうをさわった。

「キスしてよ」

眠り姫は男の子にいった。

「なんだ生きていたのか」

と男の子はいうと、飛んできた大きな白いちょうちょを追いかけて行ってしまった。

ポケットから落ちた青いビー玉が、眠り姫の足もとの草むらにころがった。

そのつぎにやってきたのは、東洋の皇太子だった。

眠り姫は、もう寝ていられなかった。

眠り姫は、起きあがって、しっかり目を開けて、皇太子を見た。

皇太子は、ほとんど無表情に眠り姫を見くだしていた。

ずいぶん年をとっている。

「キスをして」

眠り姫は、いった。

「残念ながら、妻がいる」

東洋の皇太子は、礼儀正しくいった。

東洋の皇太子は、魚の図鑑を眠り姫に贈ると、静かに立ち去った。

つぎにやってきたのは、ジーパンをはいて、Tシャツを着た若い女だった。

「キスをしてよ」

眠り姫は、叫んだ。

ジーパンをはいた女は、腰に手をあてて、

「あなたは、解放されていない古い女ね。コルセットをとって、まず自分自身の体を解放しなくては、真実の愛は得られないわ。あなたは、男がきてキスしてくれるのをただ待つの？　愛は闘いよ。

目をさましなさい。そして、男の横暴と闘わなくちゃだめよ。目ざめるのに男のキ

スを待つなんて、ナンセンスよ」

ジーパンをはいた女は、「地球に愛を」というイラスト入りの本を眠り姫にわたした。

眠り姫は、立ちあがると歩きだした。

若い白樺《しらかば》の木が、風にゆれていた。

眠り姫は、白樺の幹を抱くと、口づけをした。

立っていた眠り姫は、足もとから木になっていった。

肩のつけ根から枝が生え、指先の細い枝に、緑の葉がわきだしてきた。

みるみる、木は、天をつくほどの大木になり、そして、倒れた。

養老の滝

滝の音がする前に、濃い酒の匂いがしてくる。

毎日ぼくは、五時になると、ふろしきに包んだ五合入りのとっくりを腰にぶらさげて、酒の滝に酒をくみに行く。一升びんにいちどに入れてもって帰れば毎日こなくていいけれど、おやじは、新しい酒はぜんぜん香りがちがうというので、五時になると山道をあがって、とっくりに酒をつめる。

ぼくは、酒を飲んだこともないし、飲みたいとも思わないから、たぶん酒が好きじゃないんだと思う。ぼくは二十九になっているけど、おやじは、十三のときから酒を飲みつづけているといっていた。

ぼくは、滝のそばに行って酒をつめるとき、息をころして、酒の匂いをかがないようにしている。はじめてこの滝を見つけたとき、ぼくは気分が悪くて、そばの草むらに吐いた。

おやじに滝のことをいうと、目の色を変えて山道をかけあがり、四つんばいになって酒をすりあげ、その日はそこで酔いつぶれた。

おやじは、「だれにもいうでねえぞ」とぼくをにらみつけていい、毎日夜になると、こっそりひとりで滝にのぼり、へべれけになって帰ってきた。そしてしばらくすると、脳溢血《のういっけつ》で倒れて、動けなくなってしまった。おやじが動けなくなってから、ぼくは毎日、山道をのぼった。

一本松を曲がったところに、となりの太郎が腰をおろしていた。とっくりにはふろしきをかぶせてあるから、酒だとはわからないだろう。

太郎は、口数が少なくて、陰気で、なにを考えているかわからない。

ぼくは、「こんばんは」と声をかけて、太郎のうしろをとおりぬけようとした。

「待ちな、孝行息子」

太郎の低い声がした。

「すわれよ、十分や二十分、アル中のおやじ待たせたって、どうってことないだろ」

「太郎さん、今日は仕事もうおしまいですか」

ぼくは、太郎の横の石に腰かけて、包みが太郎から見えないようにした。

「おまえ、素直そうな面《つら》して、なかなかシャープじゃあねえか。えらいよ。ほれ、これがさ」

太郎は、とっくりをさわって、ぼくの顔を見て笑った。

「おまえの計算だと、あとどれくらいもつのかね」

「なんのことか、よくわからないんだけど」

「しらばっくれるなよ、おやじの寿命にきまっているじゃねえか。毎日毎日酒飲ませてよ、血圧にいいわけねえだろ。孝行面して、おまえがやっていることは、人殺しじゃねえか。おまえ五年はもうけたな。あと半年ってとこか」

ぼくは、黙っている。

太郎のおやじは、ぼけて八年になる。夜中に外へ飛びだす太郎の父親を、太郎が大声をあげてつかまえ、泣き叫ぶ父親をひきずりながら悪態をついているのを、ぼくはほとんど毎日見ている。太郎の父親は、九十になった。

太郎は、仕事に出かけるときは、父親を柱にしばりつけて、風船のようなおしめを腰に巻きつけて出かけていた。

「おれも疲れたよ。疲れると、おれもおまえのように酒を飲ませて、おとなしくさせてえと、つい思ってしまうよ。

しかし、おれは、それだけはやりたくねえ。いくらぼけても、おやじは人間だ。人間のまま死なせてやりてえと思うんだ。しかし、人間、なんでこんなに長生きするようになっちまったんだろ。おまえが毎日どこへ行ってなにをしているか、おれはとっくに知っていたぜ」

「太郎さん、もうぼくは、おやじを人間とは思えないんだよ。アル中で、とっくに頭がいかれちゃっているんだよ。血圧に酒がよくないことは、だれでも知っている。ぼくはおやじに酒を飲ませて早死にさせても、それが親孝行だと思っている。寝たっきりで、なん年も、なんの楽しみもないまま生かしておくのが人間の道とは、思えない。酒を飲んで、つらいことを忘れさせて、どうしていけないんだろうか。ぼくは太郎さんになんていわれても、酒を毎日飲ませるよ」

「安楽死ってわけだな。考えると、おれもわかんねえ。ただ、おれは、ぼけたおやじと死ぬまでつきあうのが、子どものつとめだと思っている。死にてえのは、こっちのほうだぜ。女房も出て行っちまったがね。女房の親じゃねえから、しかたねえよ。けど、おやじが飛びでて行くと、しぜんに追いかけて行っちまうんだ。池にはまりこんで死んでほしいと思わねえ日はねえのにな」

太郎は、足もとの草をひきぬくと口にくわえ、遠くをじっと見ていた。

「太郎には太郎の孝行、次郎には次郎の孝行ってわけだ」

ぼくは、立ちあがって、太郎のうしろ姿を見た。

「おやじが待っているから行くよ。竹の子を煮て食わせてやりてえんでね。太郎さん、がんばってくれよ」

ぼくはいった。

「おまえもな」

太郎は、遠くを見たままいった。

かえるの王さま

朝、美しい妻が、無邪気におれの首に手をまわして眠っている。

目がさめると、ほれぼれとおれを見つめ、ムニャムニャとシーツをかきよせて、足の親指で、おれのふくらはぎをつねる。

妻は、満足そうにおれの腕をなで、指先でおれのまつ毛をさわる。

たしかに、おれは、ようすのいい若い王さまってわけだ。

朝食のとき、朝日が妻のうしろからあたって、妻の髪のまわりがぼうっと銀色に燃えるように光っている。

あの日、おれがはじめて池のそばで見たときも、こんなふうに見えたものだ。

池に落ちた毬《まり》よりも、妻のほうがどんなに美しく思えたことか。

妻は、あのときより、さらに美しくなったかもしれない。

あの無邪気さを残して。

「今日は青いお洋服に、金のベルトをしめてね。ほら、となりの王子さまが見えるで

しょ。あなたはだれにも負けないわ。りりしくって、頭がよくて。となりの王子さまって、少し出目なのよ。出目って、わたし大きらい」

そうか、出目がきらいなんだな。

「となりの王子さまって、あなたがきゅうに現れる前には、わたしと結婚するつもりだったのよ。そりゃ領地は大きいし、家柄は古いし。でもね、ガニまたなの」

そうか、ガニまたなんだな。

「よく舞踏会でわたしと踊るんだけど、ペタペタ音がして、ぞっとするわ」

そうか、ペタペタ音がすると、ぞっとするんだな。

「それに、声がひどいの。いくらいい人で、男らしいかもしれないけど、あのゲロゲロ声で、なにかいわれてごらんなさい、とてもロマンチックな気分にはなれないわ」

そうか、ゲロゲロ声ではロマンチックになれないか。

妻は、冷たいスープを口に運んで、おれを見て笑う。

「わたしたち幸せね、夢みたいに幸せね」

妻は、向こう側から自分のスプーンのスープを、おれの口に流しこむ。

でも、あのとき、おれが同じ皿からスープを飲もうとしたら、妻はトイレにかけこみ、黄色い胃液を吐いた。

そして、けっしておれを見ようとしなかった。

「すると、となりの王子ってのは、出目で、ガニまたで、歩くとペタペタ音がして、ゲロゲロ声なんだな。まるで、かえるじゃないか」

「そうよ、かえるみたい」

無邪気って、便利なものだ。

なんでも忘れてしまう。

おれがかえるだったことも、忘れてしまったのだ。

かえるのおれにしたしうちのことも、忘れてしまっている。

おれは、おれがかえるだったときのことを、一日だって忘れたことはない。

無邪気って、便利なもんだ。

星のターラー

わたしは、まだほんの小さな子どもだったころから、すぐ洋服をむしりとってしまったそうです。むしりとった洋服を、いつも母がまた着せてくれました。朝目がさめると、わたしはいつも素裸でした。わたしは自分でも知らないあいだに、むしりとってしまうのです。寒いと思ったことはありません。着るものがうっとうしくて、素裸がとても気持ちがよかったのです。裸で風邪をひいたことはありません。

「もう大きくなったんだから、おしりなどむきだしにするものではないわ」

母は、いつもそういっていました。母がいやがるので、わたしは、少し大きくなってからは、人なみに洋服を着ていました。

貧しい父と母が死んで、わたしは住む家もなくなりました。大きな町に行けば、きっとわたしにもなにか仕事を見つけることができ、その日その日のパンを口にすることができる

て、森のむこうの大きな町に行こうと思いました。わたしは、野原を越え

だろうと思いました。

わたしは、一きれのパンをもっていただけでした。

野原の入口に、年とったこじきがいました。

「なにか食べる物をください。とてもおなかがすいているのです」

年とったこじきにできる仕事はないでしょう。いいえ、こじきが仕事なのですもの。

わたしは、町へ行けばきっと働くことができるでしょう。

わたしは、パンをこじきにあげました。

少し行くと、ひとりの子どもがきていいました。

「寒いのよ。耳がつめたいのよ」

と子どもは、わたしの帽子を見ていいました。わたしは、耳なんかちっとも寒くなかったので、帽子を子どもにあげました。

しばらくすると、もうひとりの子どもがいました。

子どもは、上着を着ていませんでした。

「あなたも洋服を着るのがいやなの？」

わたしは、子どもに聞きました。

「べつに」

子どもは、わたしをじろじろ見ながらいいました。

「上着をなくしただけだい」

「じゃあ、わたしの上着をあげるわ」

子どもに、わたしは、自分の上着を着せました。子どもは、上着のポケットに手をつっこんで、

「穴があいてら」

といいながら、歩いてゆきました。上着をぬぐと、とても体が軽くなりました。わたしは、町に向かって、どんどん野原を歩いてゆきました。

さらにひとりの子どもに会いました。子どもは、両腕をふりまわしていました。

「どうしたの?」

わたしはききました。

「半そでだから、手がスースーするんだよ」

わたしは、セーターをぬいで、子どもに着せました。するとこんどは、子どもは、ピョンピョンとびはねはじめました。

「どうしたの？」

「半ズボンだから、足がスースーするんだよ」

スースーするのはいい気持ちじゃないのかしらと思いながら、わたしは、スカートをぬいで、子どもにはかせました。

子どもは、ズボンの上からスカートをはいて、「女みてえだな」といいながら、首を折って、自分の足もとを見ていました。そして、

「家へ帰ったら、姉ちゃんにやってもいいかい」

といいました。

わたしは、肌着だけになりました。ほんとうに体が軽くなり、わたしは、どんどん歩いてゆきました。野原は少し暗くなりかけていました。

森の入口で、わたしは、赤ん坊を抱いた母親に会いました。赤ん坊は、大きな声で泣いていました。

「どうしたの？」

わたしは、母親に聞きました。ほとんど裸のわたしを見て、母親はどぎまぎして、答えました。

「いえ、おしめがぬれて、むずかっているだけですよ」

わたしは、気がつくと肌着をぬいで、母親にわたしていました。

「これを、おしめがわりにしてちょうだい」

母親は、大きく目を見開いて、肌着をつかむと、ころがるようにして野原を走ってゆきました。

森は、すっかり暗くなってきました。

見あげると、空には星がびっしりと光っていました。

なんていい気持ちなのでしょう。わたしは、両手を夜の空に向かってさしのべました。

素裸のわたしに、星の光は、金貨が降りそそぐように感じられました。

森の出口で、わたしは、大きなテントを張ったサーカスの人たちに会いました。

サーカスの人たちは、わたしにあたたかいスープを飲ませ、毛布をかけてくれました。

それから、わたしは、ずっとテントの中でくらしています。

まばゆいライトの中で、わたしは、花のついた帽子をかぶり、キラキラしたししゅうのある上着とスカートを身につけ、ガラスの靴をはいて立っています。

テントの中では、たくさんの男たちが、わたしを待っています。

音楽が鳴ると、男たちは叫びます。

「ターラーちゃん、星のターラーちゃん。お耳が寒いの、帽子をおくれ」

わたしは、音楽にあわせて、帽子のリボンをほどき、叫んだ男に帽子を投げてやります。

「寒いよ、寒いよ、星のターラーちゃん。上着をなくしてしまったんだよ」

わたしは、キラキラししゅうで光る上着を、男に投げてやります。

上着をつかんだ男は、それをふりまわして叫びます。

「ターラーちゃんの上着だぞう」

するとまた、ほかの男が叫びます。

「ターラーちゃん、星のターラーちゃん。足がスースーするんだよ」

ちゃんとズボンをはいている男が、叫びます。

わたしは、スカートをむしりとると、その男に投げます。テントの中が、男たちのどよめきでいっぱいになります。

わたしは、うすいピンクの肌着一枚になっています。

「ターラーちゃん、星のターラーちゃん。赤ちゃんのおしめがぬれちゃった」

わたしは、肌着をぬぎすてると、男にほうってやります。

わたしは、素裸になっています。

テントの中は、シーンとしてしまいます。

それから、男たちは、素裸のわたしに向かって、きらきら光るターラー金貨を投げつけます。

「ターラーちゃん、星のターラーちゃん」

ターラー金貨は、空から降ってくる星の光のように降りそそぎます。

あほうどり

人のいうことなど、あてにはならぬ。ことに、子どもの育てかたを、他人があれこれいうことにまどわされてはいけない。

うちの息子が、なみはずれてあまのじゃくなのには、苦労した。

山へ行けといえば、かならず海へ行って魚をとってき、魚をとってこいといえば、たきぎをしょってくる。

もう寝ろといえば、コーヒーをがぶ飲みして目をぎらつかせ、風邪をひいているようだから今日は寝てろといえば、風呂に入って水をかぶってくる。

なさけなくて泣きたいことがたびたびだった。

子どものころは素直でいい子だった。

わしのあとについてきて、小さな手で一生けんめいたきぎひろいをした。わしは、背中のたきぎの上にあの子を乗せて、歌を歌いながら帰ってきたものだった。

となりのＰＴＡの副会長のふくろうの女房は、いう。

「そういっちゃお気を悪くするかもしれませんけど、子どもの非行のことは地域ぐるみで考えませんとね」

わしは、うちの息子のことを非行少年などと思ってはおらん。あまのじゃくなだけだ。

「やはり、お母さまを亡くされて淋しいのが原因ではないのかしら。母親の愛情がかけると、情緒面ではどうしてもね」

という。

死んでしまった母親に、どうしろというのだ。

新しい女房でももらえば、となりのふくろうの女房が、

「お子さまは、お父さまを新しいお母さまにとられたと考えているのですわ。たったひとりの肉親をとられたと思ったら、どんなお気持ちかしら」

というにきまっている。

わしの息子は、非行などしておらん、ただ、あまのじゃくなだけだ。

しかし、なにからなにまで逆なことをされるのは、まったく疲れる。

そのうち、わしは、山へ行ってほしいときは魚をとってきてくれといい、海に行か

せたいときは山へ行けといった。

しかし、息子はすぐ気がついて、わしのいうとおりにするようになった。

わしは、また、海に行かせたいときは海へ行けというよりほかなくなり、そのうちにこんがらかってきたが、息子もこんがらかってきたらしい。

前の家のからすの娘は学校の教師をしていたが、家にくると、

「もう少し論理的なほうがよいと思います。とにかく、父親が自信がないことが、子どもを混乱させるのです。断固とした態度をとることがたいせつです」

と演説していった。

わしが断固とした態度をとれば、

「自分の信念を一方的に押しつけるのが、いけないのです。まず子どもを理解し、子どもの観点に立つことです」

というにきまっている。

息子は、こんがらかったまま、海へ行ったり、山へ行ったりしてたが、ある日、

「めんどくせえ」というと、ごろんと横になって、ぐうぐう眠りだした。

わしもくたびれて、眠ってしまった。

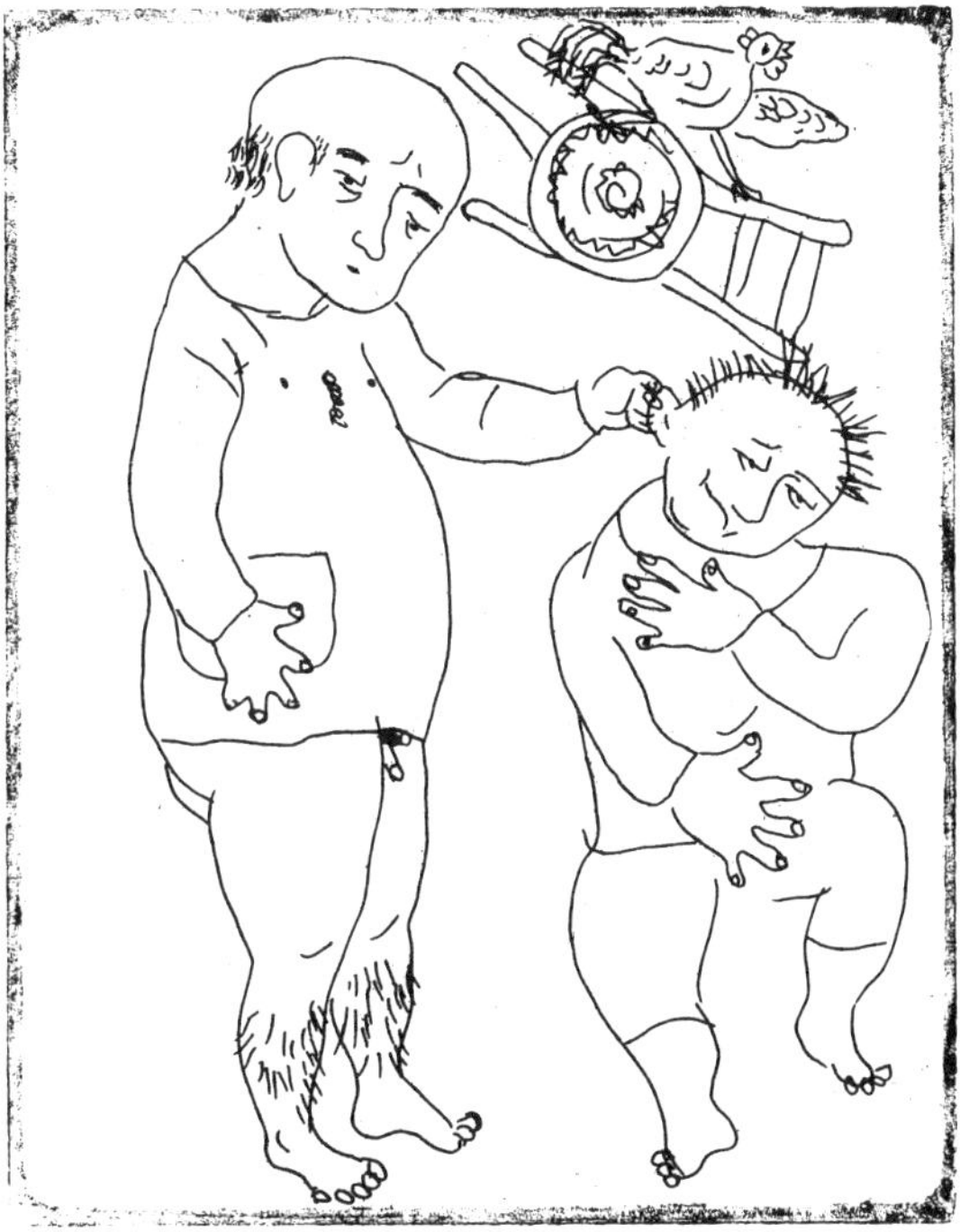

朝になると、息子は、

「おれは、今日は山へ行くぞ」

と、さっさと山へ行ってしまった。

そして、山ほどのたきぎを納屋《なや》につむと、

「冬じゅうのたきぎは今週じゅうにすませる。おやじは、海へ行ってきてくれ」

といった。

息子は、わしよりもひとまわりでかいずうたいになっていた。

わしは、村じゅうでいちばんまっとうな息子をもった。あまのじゃくだったことなど、嘘のようだ。

酒を飲みながら、わしは、息子にいった。

「いちじは、おれもほとほと困って、これじゃ、おれの墓を山につくれといったら、海へ投げるんじゃないかと、心配したことがあったよ」

「おれも、なんだかちっともわからん。青春ってのは、なにがなんだか、わからんもんだなあ。いま考えてもわからん」

とケロッとしている。

となりのふくろうの女房がきて、いった。

「非行するくらいじゃなければ、男としての覇気《はき》がございませんわねえ」

わしは、息子を非行少年などと思ったことは、いちどもない。ただのあまのじゃくだっただけだ。

もっとも、わしは、このごろ、ああいえばこう、こういえばああと、かってにひとさまの教育に口出しする世間のほうが、ほんとうのあまのじゃくのような気がする。

一生直んねえ、ほんとうのあまのじゃくだな。

三びきの子ぶた

ぼくたちは、生まれ落ちてから、ずっと三人で住んでいた。声がわりするころから、三人とも毎日毎日、目に見えて体が大きくなった。

朝飯がすむと、三人ともミシッと音がして、ひとまわり大きくなるのがわかった。昼飯のとき、もう、朝すわっていたいすにすわれなくなっていた。

夜、どうにかこうにか体をつめこんで眠ったが、朝になると、部屋じゅうにびっしり肉がはまりこんで、はずせなくなり、三人とも息をするのさえ苦しかった。

兄貴がくしゃみをしたとたん、家はふっとんでしまった。

「限界だったんだな。別々に家を建てるよりしかたあるまい」

兄貴は、こっぱみじんになった板切れの上にすわって、いった。

三人でそろって銀行に行った。

「住宅ローンを申しこみたいんで」

と、兄貴は兄弟を代表していった。

兄貴は、住めさえすればどんな家でもかまわない、なるべく安くあげたい、建築に時間をかけたくない、と希望をのべた。窓口の男は、

「それには、わらのプレハブがよろしいかとぞんじます。三時間あれば、りっぱにできあがります。ローンは一年で十分かと思います」

と、いった。

兄貴は、五十万円の小切手を手にして出ていった。

「ぼくは、どっちかというと、伝統的な木造家屋にしたい。住んでいるうちに、味が出てくるからね。平凡なものが好きなんで」

ぼくは、いった。

「木材も、北欧のツーバイフォー方式だと、お値段は高くなりますが、なかなかモダンなものになります。工期もぐっと短くなります」

「ぼくは、めだちたくないんです。やっぱり、しょうじとか、ふすまとか、縁側があったほうがいいな」

「このごろは、そういう技術をもっている大工さんが少なくなりましてね、どうでしょうか、そういうご注文でしたら、中古建売りというのもあります。当方でちょうど

ローン流れになった物件がありますが、いかがでしょうか」

ぼくは、その物件を見せてもらうことにして、弟の相談がすむまで待っていた。

弟は、手をごしごしもみながら、目を異様に光らせて、興奮していた。

「家というものは、男一生の事業だと思うんですね。家のスタイルとか規模がすなわち、男をシンボル化することであると考えたいんですね。なるべく大きく、できるだけデラックス、可能なかぎりの恒久性、とにかく堂々たるものにしたい」

ぼくは、おどろいて弟を見た。

「設計もデザインも、一流にしたい。黒豚太郎にたのむつもりだ」

弟は、一億五千万円のローンをとりつけた。

そのうちの一千万円は、キャデラックを買うためだった。銀行の出口で、弟は、車を買うために車屋に行くといった。

「黒豚太郎のところに行くためには、キャデラックじゃなくっちゃな。いや、アストンマーチンのほうがいいかな」

ぼくは、感心して頭をふるしかなかった。

中古建売り住宅は手ごろだったので、ぼくはそれにきめた。

帰りがけに通りの向こうを見ると、兄貴のわらのプレハブはもうできあがって、兄貴は家の中に寝っころがっていた。

「いい匂いだぜ、くらしは簡素にかぎるな」

わらのプレハブは吹けば飛ぶようだったが、兄貴は不満なようすはなかった。

ぼくは、十年ローンの中古建売りで、庭に朝顔など植え、平凡で健康な女房をもらってくらした。

ローンの負担もまあまあで、中流のくらしってもんは、こんなことだろうな。

兄貴は結婚するのもめんどうなようで、しょっちゅういろんな女が出たり入ったりして、ときどきの痴話《ちわ》げんかで、わらのプレハブはペシャンコになったり、台風で屋根が吹っ飛んだりしたが、兄貴はそのたびに気楽に、またわらのプレハブを三時間で建て、

「いい匂いだぜ、くらしは簡素にかぎるな」

といっていた。

弟は、丘の上に、美術館かと思うほどの、これ見よがしの大理石づくりの家をつく

った。

美人の資産家の娘をもらい、女房はジャガーを乗りまわしていた。

弟は、つぎつぎに事業に乗りだし、朝から夜まですっとんでいた。愛人を三人、マンションにかこっているといううわさもあった。

ときどき、弟の家のパーティーによばれたが、キャビアやフォアグラやシャンペンが大食堂にならび、ダイヤモンドのネックレスをつけた厚化粧の女房は、やたらとウィスキーを流しこんで、若い芸術家に色目をつかっていた。

「けっ、くだらねえ」

あいかわらずわらのプレハブに住んでいる兄貴は、着たきりすずめのジーパンで、のんきそうであった。

「こんど台風で屋根が吹っ飛んだら、おれはもう家はいらねえな。旅に出るわ。なんたって、自由がいちばんだな」

兄貴は、ぶらぶらと口笛を吹きながら、ぼくに手をふった。

家に帰って、ぼくと女房は、お茶漬けで口直しをした。

「雨戸のすべりが悪くなったわ。それから、廊下のすみがもるのよ」

「わかった。こんどの日曜に直すとしよう」

生まれた子ぶたが三びき、ならんで寝ていた。

しばらくして、弟の女房は自動車事故で海へつっこんで死んでしまった。若い詩人といっしょだった。

弟は、丘の家には帰らなくなった。マンションの愛人の家でくらしているらしかった。

夜、庭に出ると、丘の上の弟の家が、黒い大きなかたまりになって見えていた。

舌切りすずめ

来年も、このさくらを、ここのベンチで見ることができるかしら。

去年も、わたしは、そう思ったような気がする。

去年よりも、自分が年とったとも思えない。

もうなん年も、わたしは、古ぼけたいすとか、ころがっている石と同じように、なにも変わっていない。

なにも変われないほど、年とったということかしら。

来年も、このさくらを見られるかしら。

風に吹かれて、花びらが狂ったようにうず巻いて飛んでゆく。

わたしがまだずっと若かったころ、一枚も散る花びらのない、まっさかりのさくらの下で、時が止まってくれればと願ったものだった。明日、もうこのさくらには、散る花びらも残らないかもしれない。

となりのベンチに、すわっているのか、眠っているのか、死んでいるのか、両手をだらんとぶらさげた男がいる。

ほんとうに、男だったのかしら。

一年じゅう、この男は、このベンチで、じっと両手をぶらさげている。

いつごろからだろう、年寄りの男がみんな、上下そろいのトレーナーをだらしなく着るようになったのは。

ビニールの靴をはいて、灰色のズボンをひきずって、金ラメ入りの袋をしっかりもったばあさんが、わたしのとなりに腰かけた。

「嫁がね、わたしの貯金通帳ねらっているのですよ。ふん、全部、竹やぶの中にうめてきてるんですよ。気がつくもんか。でもあなた、嫁には気をつけなさいませよ」

そして、金ラメ入りの袋からタオルのハンカチを出すと、とつぜん大声で泣きだした。

「あなた、ほんとうは知ってらっしゃるんでしょう」

この丘の上のホームでは、昔だれがなんだったか、だれもわからない。それぞれが、毎日かってなことをいいだすからだ。

あるいは、けっして口を開かない。

「あなただけにいいますけどね、あなた、とても口が固いから。だれにもいわないでくださいね、わたしはね、あの舌切りすずめのばばあですよ。

生まれたときから貧乏でしたよ。白いごはんなんか食べたことなかったです。なんですかね、貧乏人は働き者にできちゃうんですね。じいさんとしこしこ働きました。いくら貧乏でも、ふとんの打ち直しとしょうじは張りかえにゃあ、気分悪いです。つぎのあたっている着物着るのは、恥ずかしゅうはないです。

じいさんは、いつもいってました。しまつ屋の、いい嫁もらったってね。あん人も、働くほか、酒飲むわけでなく、ばくちをやるわけでなく、なにも楽しみはなかったですね。

まじめでやぼな男が、女にむちゅうになると、いけませんよ。

じいさんは、しこしこためた貯金、みんな、女のところにもちだしちまったんです。

あの日も、じいさんはるすでした。女のところへ行ってたんです。

わたしは、しょうじを張りかえていました。

しょうじ四枚分きっちり、のりつくりました。

すずめが庭にきてました。わたしは、ぼうっとしてすずめ見ていました。

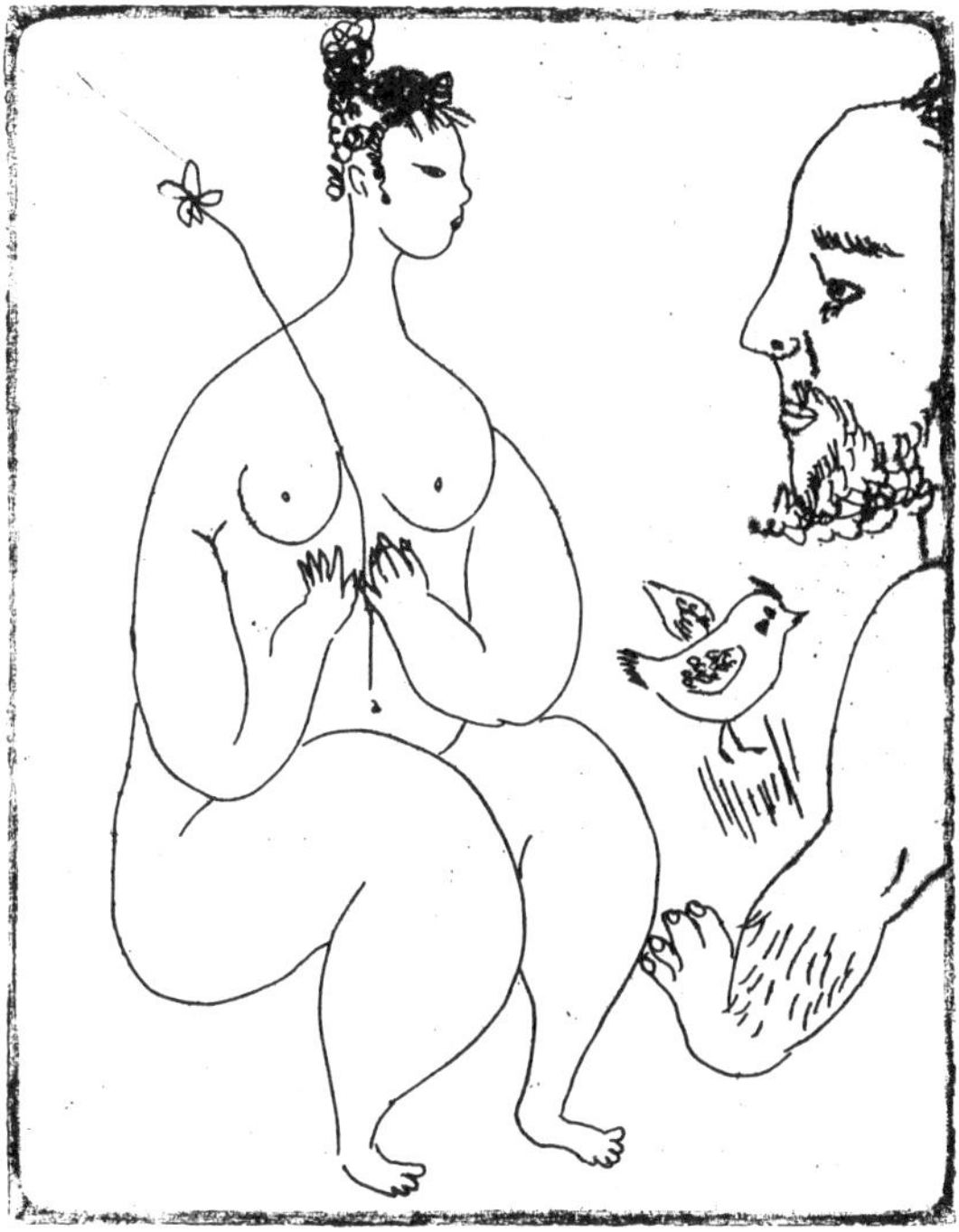

庭のすずめが、飛びあがって縁側にきて、のりのいれ物のそばまできて、のりなめはじめたんですわ。厚かましいって、わたしきゅうに腹たちました。わたしの貯金で、なにからまいもの食っている若い女とすずめが、同じに見えたんですわ。

わたしが、すずめの舌切りました。

わたしが切りたかったのは、女の舌だったんですよ。

その日帰ってきたじいさんは、女がきゅうにまったくものをいわなくなってしまったといい、それからは魂ぬけたようになっちまいました。

つぎの日、じいさんは、家を出ていっちまったんですよ。

すっかりぼけて、三年前もどってきたんですよ。だれだか、わかんなかったですよ。見てください、あれがつれあいですよ。すっかりわかんなくなっちゃって。

わかんなくなっちゃっているんですから、よけい腹たちますですよ。

女のほうはどうなっちゃったか、知らないです。

つれていきますです。ほうっときゃ、朝までですわっていますんでね。

黙っていてくださいよ、わたしがいったこと。あなた、ほんとうに無口なかたですね」

もうこれ以上、だれも年をとらない。とる年もなくなっている。
さくらの花も散りやんだ。
「黙っていてくださいね」
わたしは、黙っていた。
ばあさんがじいさんの手をとると、じいさんは子どものように立ちあがった。
ふたりは、ホームのある丘の道をゆっくり手をつないで歩いていった。
わたしは黙っている。五十年も、わたしは黙ったままでいる。

ハーメルンの笛吹き

いまだって、昔だって、子どもの誘拐《ゆうかい》が、犯罪のなかでいちばんむごい罪だということにかわりはない。

いま考えても、ぞっとする。

おれは、ひとりやふたりではない、町じゅうの子ども、根こそぎひとり残らず誘拐したのだ。

おれがぞうっとするのは、自分の罪深さのためではない。

困ったときには、あとさき考えずに目先のことで動転し、心底おれの助けを求めたやつらが、のどもとを過ぎればペロリと口をぬぐった。そんなあさましいやつらへの腹いせだった。

あれは契約違反だ。おれが子どもを誘拐したのは、だから、営利誘拐ではない。

しかし、考えてみれば、おれも、やつらと同じ、あさはかなあほうだった。

子どもってものが、あれほどしまつにおえないものだということを、勘定に入れなかったのだ。

子どもをつれだすのは、わけなかった。

生まれ落ちるとすぐに、親どもは、子どもをいじくりまわし、あれをしちゃあいけない、これをしちゃあいけない、となりの子どもに負けるな、勉強せいと、朝から晩まで首ねっこを押さえつけていたから、おれが笛を吹いてうかれ歩くと、すぐあとをつけて、おれのまねをしてはしゃぎだした。はしゃいでもおれは、手のふりかたやとびはねかたに文句をつけるわけじゃないから、すぐちょうしにのってきた。

子どものときからちょうしにのって馬鹿騒ぎなどしたことのないやつらだから、ちょうしののりかたのころあいというのがわからない。最初にちょうしにのってきたのは、髪を黄色に染めた、いかれた中学生だった。

そのつぎに踊りだしたのは、幼稚園の子どもだった。それから、

「あなたどうする、あなたがやるならいいわよ」

と、ひとりじゃなんにもできない女の子たちが、グループ参加をした。

それから、いい子ちゃんが、まわりをキョロキョロ見まわして、見よう見まねでくっついてきた。あいつらは、自分がやりたいことがわからないんだな。世間の目とい

うものにしか、反応しないんだ。六割がたがやれば、それが世間というものになる。おれは、二日ほど子どもをかくして、そのあとは帰すつもりだった。森の納屋《なや》には食糧を用意してあった。

森までくると、さすがに子どもたちはくたびれて、すわりこんだ。

「よう、おっさん、モクはねえのかヨウ」

中学生が、おれを黄色い髪の毛の下から、いやな目つきでにらみつけた。

「肺ガンになってもいいのか」

「先公のようなことというなよな」

「おなかがすいたヨウ」

幼稚園のガキが、べそをかきだした。

おれは、二日分の食糧を置いてある納屋に、子どもをつれていった。

幼稚園の子どもは、チョコレートやスナックに飛びついて、飯を食おうとしない。

「野菜、きらいだもん」

口を開けると、虫歯だらけだ。

女の子たちは、食事のしたくを手伝おうともしない。

「手伝ってよ」というと「エーッ」といって、たがいに顔を見あっている。

いい子ちゃんは、うまいともまずいともいわずに、無感動に口を動かしている。

いかれた中学生は、肉を奪いあって、そうぞうしく、ぎょうぎが悪い。

夜になると、幼稚園の子どもはしくしく泣きだし、寝た子はねしょんべんをしている。いい子ちゃんは、食事が終わるとそわそわしだし、「テレビないんですか」と聞く。

「きみたちは、誘拐されたんだから、手足をしばられないだけ、運がいいんだよ」

というと、いってくれたもんだ。

「帰ったら、テレビの取材があると思いますが、なにをしていたかと聞かれたら、こまるんですが」

かってにしろ。

女の子たちは、それを聞くと「ウッソー」、「ホントー」と黄色い声をはりあげ、

「パジャマもってこなかったア。新しいの、買ったばっかだったのにィ」

「エッ、ヤッコ、新しいの買ったの。とりに行けば」

女は、生まれつき状況の把握というものができずに、目前の喜怒哀楽にしか反応し

ない。

いかれた中学生は、おれの笛をねらって、ロックグループをつくってテレビに売りこむ相談をしている。

「あんたはさ、マネージャーになってもいいからさ。いかすぜ」

おれは、一日でへとへとに疲れてしまった。このうちのだれひとりとして、自分の子としてほしいと思う子どもなんか、いなかった。

一日めの夜にすでに、おれは犯罪をおかしたのではなくて、もしかしたら、人助けをしてしまったのではないか、と思ったくらいだ。

親とはたいしたものだ。一日めでおれがやっかいばらいしたくなった子どもを、なん年もなん年も、必死になって育てている。自分の子どもだけを、死にもの狂いでめんどうを見る。

親の愛情とは、わけのわかんないものだな。

三日めの朝、夜が明けるのを待ちかまえて、おれはもういちど笛を吹いた。

ねしょんべんをたれた子どもも、いかれた中学生もフラフラと起きあがり、ねぼけまなこでぞろぞろついてきた。

町の入口の橋のたもとまできて、おれは笛を吹きやめ、森の中の道をもどった。子どもたちは橋をわたって、町へ帰っていった。

やれやれ、子どもってやつはぞっとする。

しかし、森の中をひとりで歩きながら、髪の黄色いいかれた中学生とロックバンドを組んでもよかったかなと、ふと思った。

今夜ひとりで夕食を食べると思うと、ちょっと淋しい気がした。

赤ずきん

母は、わたしが幼かったとき似合っていた赤い帽子の記憶が忘れられなくて、

「やっぱり、赤はあなたの色ね」

と、いくつもいくつも赤い帽子を買いこんでくるのです。

わたしの父がどんな人だったか、母はいちども話してくれたことはありません。

「どんな男だっておおかみよ」

それが、母の口ぐせでした。そして、

「お嫁に行くまでは純潔でいることよ。女の幸せは貞操《ていそう》よ」

と、もう三十になるわたしに、くりかえしくりかえし申します。

若いとき、わたしにいいよってきた男がいなかったわけではありません。

母には、どんな男でも不足でした。

わたしは、母のいいつけにそむいたことはありません。女手ひとつで、わたしにな
にひとつ不足をあたえないように、わたしだけを愛して生きてきたのですから。

母は、ほんとうにわたしをりっぱな男と結婚させたがっていたのか、あるいはけっしてさせようとしなかったのか、わたしにもわかりません。


赤い帽子をかぶらされて、わたしは祖母のみまいに行かされました。

ぐずぐずとわたしがみちくさをくっていたとき、あの男が、ぶらぶらとやってきたのです。


「よう、姉ちゃん、いつから救世軍の帽子は赤くなったんだい」

そのとき、わたしは母が憎いと思いました。

赤くなって、うろうろしているわたしを見て、

「いい年をしてうぶなんだな」

と、わたしの肩に手をかけました。

遊び人ふうの、母が見たら急いで十字を切るような男でした。

わたしが肩をふりほどいて、「やめてください」というと、「は、は、は」と男はあっさり手をはなしました。

わたしは、口を真一文字に結んで、道を急ぎました。

男は、口笛を吹きながら、わたしのあとをのんきそうについてきます。森にさしかかると、あの男がきゅうに飛びだしてきて、ひざまずき、おおげさな身ぶりで、タンポポの花をわたしにさしだしました。

そして立ちあがると、タンポポの花を、まっ赤なわたしの帽子のリボンにはさみ、わたしの肩に手をかけて、じっとわたしの目をのぞきこみました。

そして、両手でわたしの顔をはさんで、

「おれ、ほれちゃった」

と、わたしを自分の胸に強く抱きよせました。

わたしは、ずっとずっと淋しくて、いまがいちばん淋しいんだと、きゅうに気がついたのです。

「あなたの耳はどうしてそんなに大きいの？」

わたしは、彼の耳をひとさし指でそっとさわりながら、いいました。

「あんたがかわいいことというのを聞くためさ」

わたしは、そのまま指を男のまぶたに移しました。長いまつげが、わたしの指の下

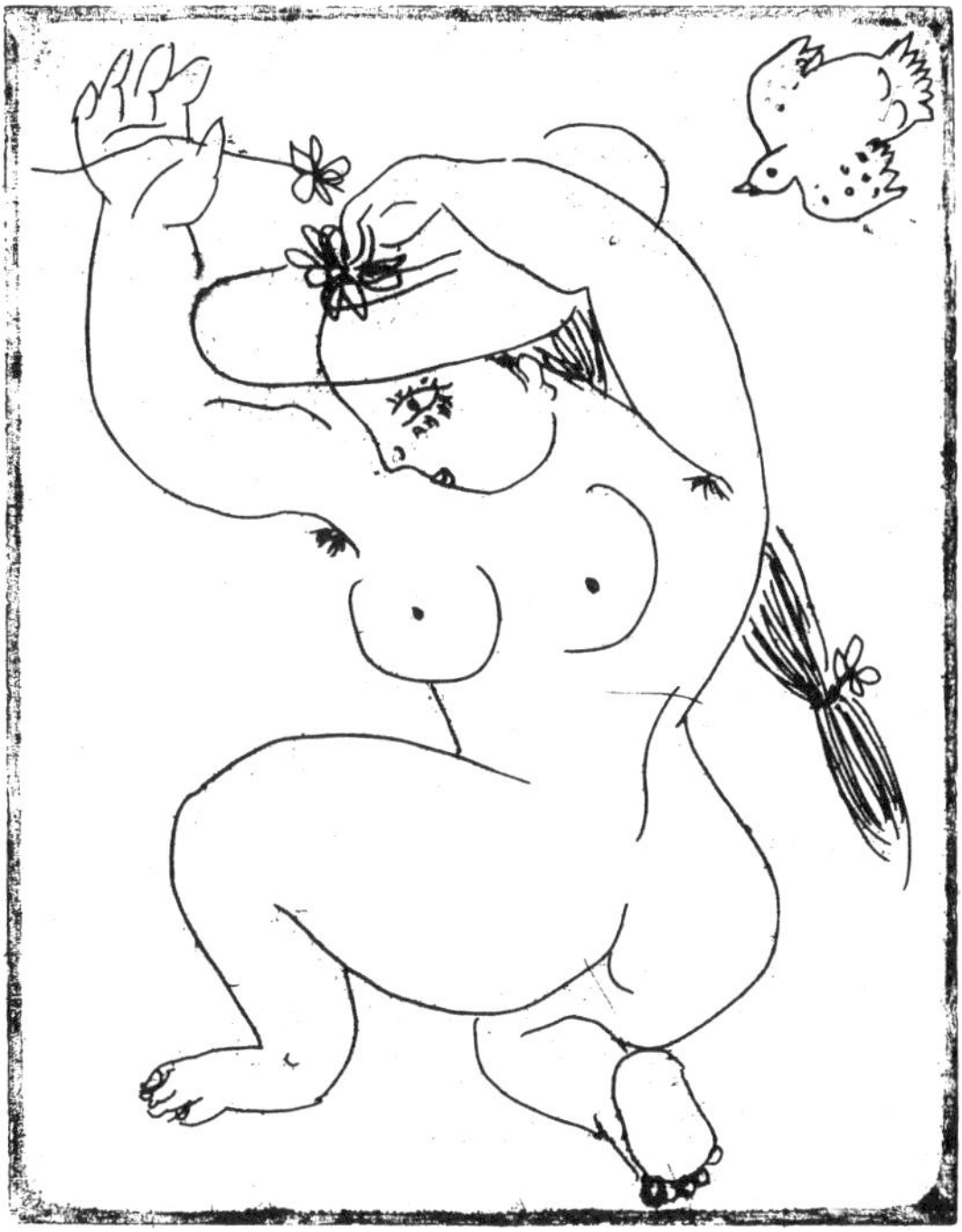

でジョリジョリ動いています。

「あなたの目は、どうしてそんなに大きいの？」

「あんたをぜんぶ見るためさ」

わたしは、恥ずかしさとうれしさで、ふるえました。

わたしは、そのまま指で、男のくちびるを押さえました。

「あなたの口は」

とわたしがいいかけると、男は、

「ほらこうするためさ」

とわたしにかぶさって、深い深いキスをしました。

どうか、いつまでもそうしていて。

どうか、いつまでもそうしていて。

そのとき、おそろしい悲鳴があがって、もどってきた祖母が、くにゃくにゃとすわりこんでしまいました。

わたしたちは、裸で祖母のベッドにいたのです。

はい、祖母を殺したのは、わたしです。

わたしがストッキングで首をしめた、死んだ祖母を見て、男は紙のように白くなり、恐怖のためにビー玉のようになった目を見開いたまま、よれよれのコール天のズボンをつかんでいました。

なんども足をズボンに入れなおしながら、男はふるえつづけて、いちどもわたしを見ないで出て行ってしまいました。

はい、それから、男にはいちども会っていません。

あの男を憎んでいるか、ですって？

いいえ、わたしは、母を憎んでいます。

あとがき

弟は、浦島太郎の話をするとかならず泣いた。泣くのがわかっていたから、私なんか、面白がって何度でも泣かした。

泣かしたいから「ムカシ、ムカシ、ウラシマタロウが……」と言うのである。嫌がって逃げる弟に、全部話をしていたのでは間に合わないので、「タマテバコをアケルトー」で弟をふんづかまえ「アットイウマニィー」で弟はボロボロ泣くのである。

あっという間に白髪の老人になる浦島太郎のために泣いた三歳か四歳の弟の事を考えると、今でも私はしんとなってしまう。

そうやって昔話は子供心にくい込んで来るのである。

意地悪い姉であった私も、カチカチ山には参ってしまった。いくら憎いたぬきでも、あそこまでやらなくてもいいのにと思うのであるが、あそこまでやってもらわねば、あそこまでやらなくてもいいのにという心持ちにならない。

決して忘れることの出来ない昔話を私達はたくさん持つことが出来た。何百年も生き残ったおとぎばなしは、心の傷であったという事が、大人になった私によくわかる。

この本のために、私は二十六編のパロディを書いた。大変積極的に、ずんずん書いてしまった。面白がって自然に書けてしまった。

十二年前のことであった。講談社が本にしてくれた。

自分では結構気に入っていたが、さっぱり売れなかった。忘れていた頃、マガジンハウスから、もう一度本になった。喜んで新しく絵を描き直したが、やはりさっぱり売れなかった。そしてすっかり忘れてしまった。

この度、また講談社から文庫にしていただくことになった。なかなか死なないゾンビのような本だなと思ったが、編集の川俣さんに「売れないよ」と念を押した。

装幀を再び多田進さんにお願いした。

可愛いキャピキャピキャピギャルのように生まれ変わった。

それ、今度はがんばれよ。

一九九八年二月

佐野洋子

「きれいごと」が嫌いな人

岸田今日子

『嘘ばっか』は、世界中の名作といわれる童話や民話を、佐野洋子さんが自分流に書き直したパロディ集だ。名作といえばもう権威と言ってもいいわけで、権威というものは反対したくなるものだから、いろんな人がいろんなパロディを書いている。まあ、それだけ底が深いと言えるのかもしれない。

わたしはそれを全部読んだわけではないけれど、『嘘ばっか』は本当に個性的で面白い。二十六の小さなお話のほとんどは、それぞれの登場人物の一人称で語られている。いったい今度のお話は、だれの口から語られるのか。それも楽しみの一つなのだ。

たとえば「浦島太郎」は乙姫様の語り口で書かれ、「親指姫」は父親（これが父親といえるなら）の、「ブレーメンの音楽隊」は、ろばの口から語られている。

　ろばなんかは、

「わたしは長いこと、ほんとうにろばのように働いた。おまけに、わたしは、正真正銘のろばだった」

　なんて言ってるから笑ってしまう。

　どはずれて野心的なシンデレラに、おじいさんのこぶが大好きなおばあさんなんかも、意表を突かれる。

　かちかち山のたぬきを殺す場面はテレビの実況中継があって、村中の者がそれを見るのだ。そして、「なんたって、あれはやりすぎってものだよ」とうわさしたりする。

　佐野さんの作品の面白さは、発想の意外性と、文章のなめらかさとユーモア、会話が生き生きしていること。それから、そこここに散らばる官能性。

　ヘンゼルとグレーテルの間には近親相姦に似た愛情があり、ラプンツェルとおばあさんの間にさえ、肉体関係といっていいものがあるのを、わたししたちは見つけることが出来る。

　そしてその幾つもの鉤針《かぎばり》で、佐野さんの世界に引き寄せられ、引きずり廻される。

　わたしは、「こどもステージ」と名付けた一年一回の舞台のための戯曲を、今までに何本か佐野さんに書いていただいた。この構成力と会話の面白さが、舞台にできないはずはないと思ったからだ。そして、それはやっぱりたくさんの大人や子供に喜んでいただいた。

『嘘ばっかか』を読んでいても、一つ一つの物語が立体的に浮かんでくるような感じがする。

　このパロディのいくつかは、ただ面白いだけではなくて、心をゆさぶられるように淋しかったり、この世で美しいものとは、いったい何だろうと問いかけるような所がある。

　佐野さんはきっと、本当に美しいものが好きなのだ。だから「きれいごと」が嫌いなのだ。

「嘘ばっかか」という言葉は、だれに向かって投げつけられているのだろうと、わたしは考える。
「むかしむかし」と言いさえすれば、子供は何でも信じるだろうと思って、きれいごとの限りを並べたてた大人に向かってだろうか。
それとも、せっかく子供が信じているお伽話《とぎばなし》を、めちゃくちゃにぶちこわそうとしている作者自身に向かってだろうか。

（きしだ・きょうこ　女優）

講談社文庫版（一九九八年三月刊）より再録

「思い込み」を壊された

村田沙耶香

お伽噺《とぎばなし》が好きだ。子供の頃、眠る前に、いつも頭の中で、シンデレラや白雪姫のお話を、自分流に改造して遊んでいた。

こんなことが大人にばれたら怒られると思った。お伽噺の後でその中にどんな教訓があるか教えようと、大人が真剣にお説教をするのをよく見かけた。一生懸命なので聞いてあげなくてはいけないと思うのだが、ついつい気がそれて、自分だけのお伽噺を創るのに熱中してしまう。大人って大変だなと感じていた。

だが佐野洋子さんの『嘘ばっか』を読んだとき、そんな気持ちは綺麗《きれい》にすっ飛んでいった。

『嘘ばっか』はお伽噺のパロディだ。どれもこれも、私が子供の頃考えたお話よりずっとずっと、とんでもなかった。こんなヘンゼルとグレーテル、こんな赤ずきんちゃん、こんなシンデレラ……仰天《ぎょうてん》しながらも、私はとっても気持ちが良かった。

この本は私のいろんな「思い込み」を破壊してくれた。シンデレラは絶対に優しい女の子だとか、こぶとり爺《じい》さんの妻は幸せだとか、そして大人は大変だとか、そんなことは、全部私の思い込みに過ぎなかったのだ。『嘘ばっか』というタイトルだけれど、私の中の真実を、この本は揺さぶってくれた。自由のつもりだった子供時代の自分ががんじがらめだったことにも気が付いた。本当の大人は子供よりずっと自由なのだった。少し怖いけれど愛《いと》しいこの物語を、私はいつでも手の届く場所に置いている。

（むらた・さやか　作家）

「日本経済新聞」二〇一七年三月二日夕刊

『嘘ばっか　新釈・世界おとぎ話』
単行本　講談社、一九八五年十月
マガジンハウス、一九九二年九月
文　庫　講談社文庫、一九九八年三月

本書は講談社文庫版『嘘ばっか　新釈・世界おとぎ話』（一九九八年三月）を底本とし、新たに巻末エッセイとして村田沙耶香「『思い込み』を壊された」を収録したものです。

本文中、今日の人権意識に照らして不適切な表現が見られますが、著者が故人であること、執筆当時の時代背景と作品の文化的価値に鑑みて、底本のままとしました。

中公文庫

嘘《うそ》ばっか

――新釈《しんしゃく》・世界《せかい》おとぎ話《ばなし》

2020年10月25日　初版発行

著　者　佐《さ》野《の》洋《よう》子《こ》

発行者　松田陽三

発行所　中央公論新社
〒100-8152　東京都千代田区大手町1-7-1
電話　販売　03-5299-1730　編集　03-5299-1890
URL http://www.chuko.co.jp/

DTP　平面惑星
印　刷　三晃印刷
製　本　小泉製本

Published by CHUOKORON-SHINSHA, INC.
Printed in Japan　ISBN978-4-12-206974-9 C1193

中公文庫既刊より

か-57-1
物語が、始まる
川上弘美
砂場で拾った〈雛型〉との不思議なラブ・ストーリーを描く表題作ほか、奇妙で、ユーモラスで、どこか哀しい四つの幻想譚。芥川賞作家の処女短篇集。
203495-2

か-61-5
世界は終わりそうにない
角田光代
恋なんて、世間で言われているほど、いいものではない。それでも……愛おしい人生の凸凹を味わうエッセイ集。三浦しをん、吉本ばなな他との爆笑対談も収録。
206512-3

あ-60-1
トゲトゲの気持
阿川佐和子
襲いくる加齢現象を嘆き、世の不条理に物申し、女友達と笑って泣いて、時には深ーく自己反省。アガワの真実は女の本音。笑いジワ必至の痛快エッセイ。
204760-0

あ-60-2
空耳アワワ
阿川佐和子
喜喜怒楽楽、ときどき哀。オンナの現実胸に秘め、懲りないアガワが今日も行く！　読めば吹き出す痛快無比の「ごめんあそばせ」エッセイ。
205003-7

い-110-2
なにたべた？　伊藤比呂美＋枝元なほみ往復書簡
伊藤比呂美
枝元なほみ
詩人は二つの家庭を抱え、料理研究家は二人の男の間で揺れながら、どこへ行っても料理をつくっていた。二十年来の親友が交わす、おいしい往復書簡。
205431-8

ひ-9-2
ド・レミの子守歌
平野レミ
できた！　産まれた！　さあ子育てのはじまり！　レミさんが新品のママになった時のことを明るく語る。みんなを幸せにするレミさんの魔法がいっぱいの本。
205812-5

あ-74-2
猫の目散歩
浅生ハルミン
吉原・谷中・根津・雑司ヶ谷……。「私の中の猫」に導かれ、猫のいる町、路地を行く。猫目線で見聞を綴る、イラスト入り町歩きエッセイ。〈解説〉嵐山光三郎
206292-4

各書目の下段の数字はISBNコードです。978－4－12が省略してあります。